现代罗马

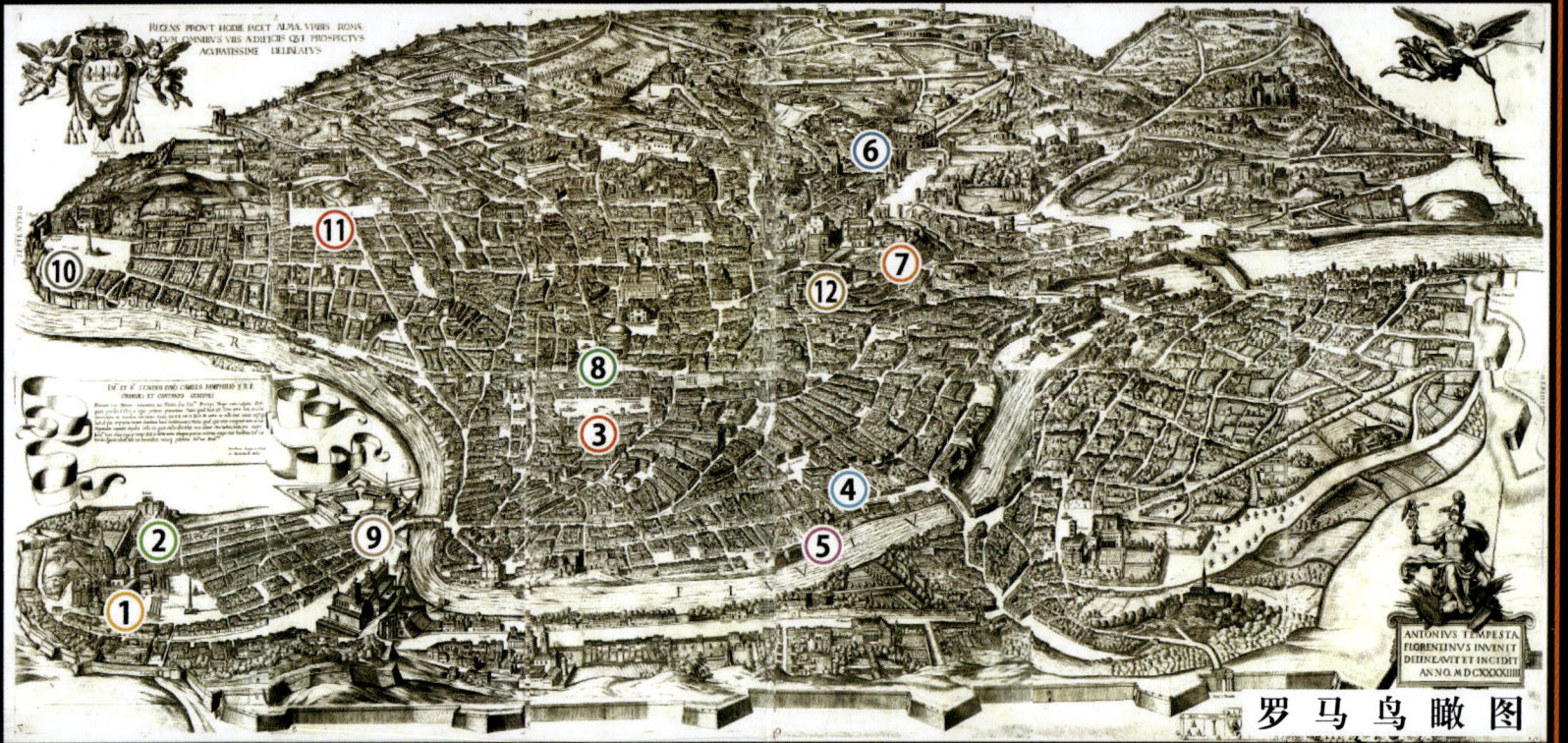

① 圣彼得大教堂	⑤ 法可涅里宫（马可租住的房子）	⑨ 圣天使城堡
② 罗马教廷	⑥ 圆形竞技场	⑩ 波波洛广场
③ 纳沃纳广场（奥琳皮娅的家）	⑦ 卡比托利欧山	⑪ 西班牙广场
④ 法尔内塞宫	⑧ 万神殿	⑫ 威尼斯宫

文艺复兴教皇

平托里乔
《教皇亚历山大六世》
梵蒂冈藏

拉斐尔
《教皇尤里乌斯二世》
国家美术馆藏（伦敦）

圣彼得大教堂正面（梵蒂冈）

米开朗琪罗
《圣殇》
圣彼得大教堂藏（梵蒂冈）

《创造亚当》西斯廷教堂天顶画（部分）

《大洪水》西斯廷教堂天顶画（部分）

《原罪和逐出乐园》西斯廷教堂天顶画（部分）

《最后的审判》
西斯廷教堂壁画（部分）

拉斐尔《雅典学派》

拉斐尔
《教皇利奥十世和他的堂兄弟们》
乌菲齐宫藏(佛罗伦萨)

提香
《教皇保罗三世和他的孙子们》
卡波迪蒙特美术馆藏(那不勒斯)

米开朗琪罗《西斯廷教堂天顶画》(梵蒂冈)

收藏于梵蒂冈的这幅画中,阿拉伯哲学家和异教神同处一地,反映了当时的罗马教廷的开明。

1 柏拉图
2 亚里士多德
3 苏格拉底
4 阿尔西比亚德斯
5 阿拉伯哲学家伊本·路世德(阿威罗伊)
6 毕达哥拉斯
7 亚历山大女哲学家希帕提娅
8 赫拉克利特
9 第欧根尼
10 欧几里得
11 托勒密(手持地球仪)
12 琐罗亚斯德(查拉图斯特拉,手持天球仪)
13 拉斐尔本人
14 智慧女神雅典娜
15 智慧男神阿波罗

提香《圣母升天》

圣马利亚·代·弗拉里教堂藏（威尼斯）

拉斐尔《基督显灵》

梵蒂冈藏

拉斐尔
《卡斯蒂廖内·巴尔达萨雷伯爵像》
当时的畅销书《廷臣论》的作者
卢浮宫美术馆藏（巴黎）

拉斐尔

《戴项链的女人》

博尔盖塞美术馆藏(罗马)

米开朗琪罗设计的
卡比托利欧广场（罗马）

提香
《法尔内塞红衣主教像》
卡波迪蒙特美术馆藏（那不勒斯）

盐野七生

文艺复兴小说

罗马的审判

［日］盐野七生 著

计丽屏 译

中信出版集团｜北京

图书在版编目（CIP）数据

罗马的审判 /（日）盐野七生著；计丽屏译 . -- 北京：中信出版社，2022.3
（盐野七生·文艺复兴小说）
ISBN 978-7-5217-3722-6

Ⅰ.①罗… Ⅱ.①盐… ②计… Ⅲ.①长篇小说－日本－现代 Ⅳ.① I313.45

中国版本图书馆 CIP 数据核字 (2021) 第 220517 号

SHOSETSU ITALIA RENEISSANCE III ROMA by Nanami SHIONO
Copyright © Nanami SHIONO 1995
All rights reserved.
Original Japanese paperback edition published in 2020、
2021 by SHINCHOSHA Publishing Co., Ltd.
Chinese translation rights in simplified characters arranged
with SHINCHOSHA Publishing Co., Ltd., Tokyo
Chinese translation rights in simplified characters
copyrights © 2022 by CITIC Press Corporation, China
本书仅限中国大陆地区发行销售

罗马的审判
著者： [日]盐野七生
译者： 计丽屏
出版发行：中信出版集团股份有限公司
（北京市朝阳区惠新东街甲 4 号富盛大厦 2 座　邮编　100029）
承印者： 北京中科印刷有限公司

开本：880mm×1230mm 1/32　　印张：6.75
插页：12　　　　　　　　　　　字数：200 千字
版次：2022 年 3 月第 1 版　　　 印次：2022 年 3 月第 1 次印刷
京权图字：01-2021-6244　　　　书号：ISBN 978-7-5217-3722-6
定价：46.00 元

版权所有·侵权必究
如有印刷、装订问题，本公司负责调换。
服务热线：400-600-8099
投稿邮箱：author@citicpub.com

目 录

永恒之都　　　　　　　　　　003

米开朗琪罗　　　　　　　　　019

法尔内塞家族的人　　　　　　035

神一样的艺术家　　　　　　　043

两个男人　　　　　　　　　　052

寻古之旅　　　　　　　　　　068

女人的担忧　　　　　　　　　080

亚壁古道　　　　　　　　　　085

威尼斯贵族　　　　　　　　　101

红衣主教加斯帕罗·孔塔里尼　118

皇帝马可·奥勒留　　　　　　134

普雷韦扎海战　　　　　　　　151

决定回国　　　　　　　　　　171

离别　　　　　　　　　　188

后记　　　　　　　　　　201

图片来源　　　　　　　　205

主人公 四十岁出头

永恒之都

台伯河由北而南蜿蜒流过罗马市中心偏西的位置。奥琳皮娅给马可找的房子正对着这条河。

自冬末离开佛罗伦萨,马可·丹多洛和奥琳皮娅一路上走走停停,停停走走,最终来到了罗马。应这个女人的邀请,马可住进了她家。

奥琳皮娅是罗马为数不多的高级妓女之一,她的家对着漂亮的纳沃纳广场,这与她的身份很相符。这里原是古罗马皇帝图密善时代建造的竞技场,罗马帝国灭亡后,经过漫长的中世纪,这里渐渐变成了住宅区。

住宅区位于原本竞技场的观众席位置,而古代椭圆形的比赛场地现在是广场。有人说当罗马有重要活动时,如教皇即位仪式等,会封锁与该广场相连的五条路,然后从台伯河引水入内进行海战游戏等,于是源自海军或海船的"纳沃纳"(Navona)一词就成了该广场的名称。当然也有人说纳沃纳这个名称是古罗马语言拉丁语中的"阿贡涅斯"（Agonès）经过漫长的中世纪演变而来，该词的意思是比赛。

只是在16世纪前叶的这个时代，广场上还没有贝尔尼尼设计建造的三个喷泉。后来，有了这三个艺术品，广场变得更漂亮。即便如此，这里依然是富贵人家的住宅区。欧洲新兴民族西班牙人、教廷的高层人物、现任教皇的亲属等，他们的宅邸大多集中于此。

正对着纳沃纳广场的一栋住宅楼内，二楼朝西的房子便是奥琳皮娅的。室内有好几个房间，马可住在这里完全没有问题。奥琳皮娅深深地爱着这个男人，因能与他同住一个屋檐下而感到无比幸福。对于深谙与男人打交道的她来说，这非常难得。

只是，回到罗马，奥琳皮娅便不再是一个普通女人了。

下午是高级妓女接客的时间。每到此时，来找她的客人总是络绎不绝。客人只是和奥琳皮娅聊聊天、说说话，就会心满意足地留下高额的谢礼。来到罗马后，马可才知道自己的情人竟如此博学多才，甚至还会说一口流利的拉丁语，这着实令他吃惊。

常驻罗马的各国大使但凡有本国权贵来访，一定会安排一天时间，带着来访的客人去见奥琳皮娅。就好像权贵访问罗马时，必定要去谒见教皇一样，见奥琳皮娅也是必不可少的重要内容。

罗马人自然不会答应她被外国人独占。有几位红衣主教都是她的常客，银行家、贸易商等经济界的人士中也有不少是她的宾客，甚至罗马那些赫赫有名的将军也会来找她。陪有权有势有钱的男人聊天，为他们演奏乐器，是奥琳皮娅的工作。

像奥琳皮娅这样经常出入宫廷的女人被称作宫廷妓女，这不是为了区别于古希腊的普通妓女。和高级妓女不同，普通妓女是以出卖肉体为生的女人。当然，妓女亦有贵贱之分。在罗马有很多单身赴任的外国人，这里可以满足各种不同的需求。

普通妓女通常都有情夫，而高级妓女则有特定的庇护人。这不是惯例，而是常识。马可自然也有些在意，想知道奥琳皮娅的庇护人是谁，只是他没有发现奥琳皮娅身边有这样一个男人。当然，马可知道奥琳皮娅不可能没有庇护人，只是他没发现，于是乐观猜测没有。关于这件事，这个女人既没有说有，当然也从未说过没有。

决定离开奥琳皮娅家另找住处，并非因为在意这件事。如果真的介意，马可大概是会问的。他之所以没问是因为认为自己没有这个权利，这个权利只有在和她正式结婚以后才能享有。

女人从未觉得马可住在自己家里是累赘，相反，她很享受和马可同居的生活，因此不存在无法共同生活的问题。决定和奥琳皮娅来罗马的时候，马可开玩笑地说过，做奥琳皮娅的丈夫也不错。他还半开玩笑地对奥琳皮娅说要做她的保镖，为此还被奥琳皮娅戏谑了一番。

然而，一旦开始同居，马可很快发现自己成不了高级妓女的保镖，因为有一个忠心又寡言的大个子男仆总是与奥琳皮娅如影随形，马可还没上岗就已经失业了。所以，以马可的性格，继续同奥琳皮娅住在一起，难免觉得别扭。

大概察觉到了心爱的男人内心的想法，奥琳皮娅主动为他找了另外一处房子。和罗马有名的高级妓女长期同居一处，会让来自威尼斯名门望族的丹多洛的名字随时被曝光。想离开奥琳皮娅又不好开口的马可接受了她的好意。

只是，奥琳皮娅提了一个要求。要求男人答应每天和她一起吃晚饭，晚上住在一起。对此，马可自然没有异议。因为在罗马，早饭到晚饭之间的白天，可做的事情不知凡几。

奥琳皮娅找的房子据说是属于法可涅里家族的，该家族是那不勒斯的名门望族。在罗马拥有房产，主要是为了方便家族中有人来罗马时居住。出租的部分设有独立的进出门。

罗马是教廷的所在地，来自欧洲各国的外交使节从未间断。商人自然也很多。商人可以住在本国设在罗马的商馆里，本国没有在罗马设商馆的商人则有旅馆为他们提供住宿之便。

威尼斯共和国在罗马设有大使公馆，这在当时属于个例。通常，各国大使都住在来自本国的红衣主教的住处，包括法国、英国及西班牙的大使皆是如此。

那些普通使节，尽管无须像大使那样要保持体面，但是，他们也不能长期住在商人住的旅馆里。

公寓既能保持体面，又无须花费太多。因此在罗马，对公寓的需求和作为经济中心的威尼斯一样大。而且在当时，无论是外交使节，还是商人、艺术家，来罗马工作的人很少拖家带口，基本都是单身赴任。因此，把精致的小公寓租给只带一两个仆人的单身外国男人，是罗马贵族不能忽略不计的收入来源之一。

这个法可涅里家族房子的正门对着一条20年前修的笔直的大路。这条路是教皇尤里乌斯二世提议修建的，既然是尤里乌斯修建的路，就取名尤里乌斯大道。

隔着这条大路，斜对面是法尔内塞宫。虽然尚未完成，但是其宏伟壮观的气势，已经碾压了周围的一切。现任罗马教皇保罗三世出身法尔内塞家族，因此，尚在建设中的法尔内塞宫可以说是罗马教皇的私人居所。

尤里乌斯大道人来人往，从这条路不能直接进入马可租的房子。这个法可涅里家族的房子旁边有一条直通台伯河的小路，与尤里乌斯大道垂直相交。进入这条小路向前走，有一个不太引人注意的紧闭的小门。

从这扇小门进去，里面是一个小小的庭院。穿过院子，登上通向楼上的台阶，就可以进到马可租住的房子。即使法可涅里家族有人从那不勒斯来到罗马住在这里，进出也互不影响，非常方便。丹多洛是来自威尼斯的名门望族，在欧洲的宫廷，或多或少都有人知道丹多洛家族。马可认为，作为丹多洛家主的隐身之处，这个地方非常理想。假如住得太过隐蔽，与周围完全隔绝，反而会引起人们的好奇，而在这里完全不必担心人们注意。从小门悄悄出去，融入尤里乌斯大道熙熙攘攘的人群之中，他便是大城市熙攘人群中的一员了。

还有，这里既然是奥琳皮娅挑选的，自然生活起居都很舒适。这让马可随时感受到自己就生活在罗马这座独一无二的城市里。

走进公寓，右侧是仆人的房间，大概还兼守卫室吧。房间旁边有一个小厨房，光线充足。

玄关后面是一个宽敞的起居室，起居室右侧是餐厅。将餐厅设在厨房的旁边，一定是考虑到了外国人不会带太多仆人。宽敞舒适的卧室在起居室旁边，石造阳台连着卧室和起居室，阳台的石柱上遍布爬山虎。房子朝向西南，虽然不大，却很敞亮，台伯河面吹来的风清爽宜人。

从卧室、起居室和阳台向右远眺,在流经下面的台伯河对岸,能看见高高耸立的教皇宫殿。如果想感受古代的氛围,不远处就有古罗马的广场和圆形竞技场。

此外,这个房子还有专属的船只停靠码头。对此,奥琳皮娅好像还很得意,她说有专属码头的房子仅此一家。

码头不是露天的,坚固的石拱口对着河面,船要停靠在石拱的里侧。站在对岸看过来,可以看出这是一个码头,但是在台伯河东岸,就看不出了,因为码头没有突出去。这里只能停靠小船。从套在桩子上的旧绳索,马可看得出这个码头许久未用了。

在威尼斯,船只直接停泊在家门口是一件很普通的事,马可对此也早已习以为常。但此时,恰恰就是因为坐船无须前往公共码头,这让身在罗马的马可心情愉悦。他很想坐船出游。与威尼斯海湾平静的海面不同,台伯河是一条河。河面宽度远比佛罗伦萨的阿尔诺河宽,看上去河水的流速并不湍急。

在这个房子里,马可开始了罗马生活。他耐心地观察一切,也再次拥有了可以独自安静思考的空间。

马可深深地感受到罗马是一个非常不可思议的城市,他觉得真正意义上的国际都市除了罗马再无别处。

昨天刚刚来到罗马的一个外国人,今天就可以融入其中,很自然地出现在街头巷尾，就好像他一出生就是罗马人一样。罗马人也不会把他当外国人来看待。走在路上，没有人会特意回头多看他一眼。连乞丐们见到外国人也会很自然地招呼说："先生，请施舍一点给我这个可怜人吧。"当然，他们见到法国人会说法语，见到西班牙人会说西班牙语。

在马可的祖国威尼斯街上也有很多外国人，特别是在威尼斯的政治中心圣马可广场和经济中心里亚尔托桥附近，随时都可以听到德语、希腊语、土耳其语、阿拉伯语。法国、西班牙和英国都派有专人常驻威尼斯，不清楚他们是外交官还是从事情报活动的人。从旅馆老板到贡多拉船上的船夫，会两三种外语是再正常不过的事情，这是因为生活在威尼斯的外国人数量远比伦敦、巴黎、马德里和阿姆斯特丹的多得多。

威尼斯之所以吸引外国人，一方面是因为经济，另一方面得益于威尼斯公正的社会制度。在威尼斯，不论国籍、信仰，对所有人一视同仁，没有歧视。生活在威尼斯的外国人无须担心因国籍不同、信仰的宗教不同而遭到迫害或流放。而且，威尼斯施行的是共和制政体，而非专制君主制。在这里你可以专心从事经济活动，不必为专制君主的反复无常而终日惶恐不安。

然而尽管如此，在威尼斯的外国人身上总给人往来过客的印象。身为纯正的威尼斯贵族，马可·丹多洛想不明白这究竟是什么原因。

要说世界性城市，君士坦丁堡也算得上一个。它是东罗马帝国的首都，又叫拜占庭，已有千年历史。土耳其攻陷此地后迁都于此，足见君士坦丁堡作为连接欧亚的要塞，是极其重要的一个城市。受经济利益的驱使，自然有无数商人从世界各地蜂拥至此。虽然土耳其的苏丹是无出其右的专制君主，商人们依然冒着风险来到这里。可见汇聚了东方财富的君士坦丁堡魅力之大，甚至找不出一个城市可以取而代之。在这座土耳其语叫伊斯坦布尔的城市，威尼斯不仅常设开展外交活动的大使馆，而且还常设贸易活动的商业大本营，这两者在欧洲各国中的规模都是最大的。

像这样，无论是出于对这里传统的向往，还是出于对现实利益的追求，生活在君士坦丁堡的外国人总是很多。而且，1453年，土耳其消灭东罗马帝国以后，不断侵略周边国家，并在战争中屡屡获胜，变身成为一个庞大的帝国。很多国家和民族被土耳其占领后，原住民就成为奥斯曼土耳其帝国的被征服民族。他们各自拥有自己的语言和宗教信仰，于是，首都君士坦丁堡也有了多民族国家的城市风貌，这一点比任何一个城市都明显。

在这个城市里有：

说希腊语、信奉希腊正教、曾经是拜占庭帝国主人的希腊人；

地处东方、在伊斯兰世界中依然坚持信奉天主教的亚美尼亚人；

被迫分散到世界各地却依然坚守自己的宗教——犹太教、坚持向各地渗透并取得成功的犹太人；

被土耳其征服以后分裂出基督教和改信伊斯兰教两派的斯拉夫民族；

和征服者土耳其民族一样信奉伊斯兰教，却为奥斯曼土耳其帝国所征服的阿拉伯人。

拥有如此众多民族的国家之所以能够存续，一方面是因为土耳其人相比于阿拉伯人，对宗教持更宽容的态度，另一方面也因为土耳其人在军事和政治领域的手段很高明。然而，这样的一个帝国，一旦涉及经济领域，就变得无能为力了。相反，军事和政治能力相对较弱的希腊、亚美尼亚、阿拉伯等民族，在商业方面却人才济济。欧洲在与其进行贸易时，必须依赖一支以威尼斯人为首的欧洲团队，否则将毫无作为。

欧洲人到了君士坦丁堡，和在威尼斯一样，很难消除往来过客的心态。希腊人本就是这里的原住民，所以在被土耳其征服后，只能在伊斯兰教统治下的国度里继续生活。但是，通常被称为拉丁人的欧洲人总是无法放弃这样一种想法，即自己有一个随时可以回去的国家。

然而，虽然有一个随时可以回去的国家，生活在罗马的外国人往往会忘记这一点，好像罗马就是自己的家。

罗马没有特别值得称道之处。这里不像威尼斯是一个经济中心，不像西班牙有可以左右欧洲现如今政治方向的国王，也不像法国国王那样拥有众多宫殿，但是，外国人依然络绎不绝。究其原因，是这里有基督教的大本营——罗马教廷。当然，话虽如此，生活在罗马的外国人也并不都是神职人员。

在罗马的外国人从事各行各业。除了神职人员，还有许多学者、艺术家、银行家、将领、妓女，以及只是来罗马看看的、各种身份的朝圣者和游客。所有人到了罗马，都很快就会融入其中，好像从一出生就生活在罗马的当地人那样，自由自在，生活愉快。

马可想不通，这究竟是为什么。他想，自己身为威尼斯人尚且如此，那么原因不应在别人身上，应该在自己身上。于是，这几天，探访罗马这座城市的愿望占据了马可的身心。

也许除了马可，在罗马的其他外国人并没有这种困惑，温暖、自然、惬意又包容的罗马，其魅力不会让他们产生疑问。

马可四十来岁。作为威尼斯贵族，之所以会有这样的疑问，大概是因为他的经历。他曾经是威尼斯共和国最高决策机构元老院的元老，同时又是该国情报组织十人委员会的委员。十人委员会非常有名，连土耳其人也有所耳闻。一个人的思维方式一定会受他曾经从事过的工作的影响。关于上述这种现象，尽管无聊，马可依然忍不住要去探究其中的因果关系。

他认为主要原因，就是作为罗马的统治者，罗马教皇的职责的特殊性。

作为基督教领袖，他不仅是出类拔萃的宗教人物，在16世纪，罗马教皇同时又是罗马教廷领地的统治者。这块领地占据意大利半岛五分之一的面积，其中包括马尔凯、翁布里亚、拉齐奥等地。

当然，教皇与世俗的君主不同，他们不像法国、西班牙、英国的国王那样可以世袭。他们是经过教皇选举会议，即红衣主教会议选举后登上教皇之位的。教皇虽然是终身制，但不允许世袭。一旦教皇去世，就要召开教皇选举会议，而当选的人与国籍和出身无关。

第一代罗马教皇是耶稣基督十二使徒中的首徒圣彼得。从那时算起，教廷的历史至今已超过1500年。列举最近一百年间，即1450年以后的教皇，有如下几位：

尼古拉五世，意大利人；

加里斯都三世，西班牙人；

庇护二世，锡耶纳人；

保罗二世，威尼斯贵族；

西斯都四世，意大利北部萨沃纳人，因修建西斯廷教堂而闻名；

英诺森八世，意大利人；

亚历山大六世，出生于瓦伦西亚，与加里斯都三世同为西班牙人，继他之后的庇护三世是锡耶纳人；

尤里乌斯二世出身美第奇家族，是佛罗伦萨人。从西斯廷教堂天顶画开始，他请米开朗琪罗创作了很多作品；

继利奥十世之后登上教皇之位的阿德里安六世出生于乌得勒支，是荷兰人，据说意大利语说得很不好；

克雷芒七世也出身美第奇家族，也是佛罗伦萨人；

1534年，则是法尔内塞家族的保罗三世戴上了教皇的三重冠。

纵观上述诸位教皇，只有现任教皇保罗三世是罗马人。除他之外，这一百年间交替上场的其他12位罗马教皇中，别说是罗马人，连出生在罗马教廷领地内的人都没有，出生于非意大利国家的倒是有3位。

从最高权力者罗马教皇的出身可以看出，罗马是外国人的天堂。

如果占据最高统治位置的是一个外国人，那么这个地方的外国人很多也就不足为奇了。

由于当选罗马教皇的通常是红衣主教中年龄偏大的人，因此，他们在位的时间自然不会太长，最长也就十来年。这么短的时间里，单靠教廷来巩固自己的地位，是远远不够的。

所以，外国人也不知不觉地把自己当成了这里的主人。正是这样的开放性造就了罗马这一城市的性格，也因此，在罗马的居民其性格自然而然地表现出浓厚的世界性。

马可觉得在这一点上，古罗马时代大概也一样。

公元1世纪末之前，罗马帝国的皇帝之位都由罗马人独占，后来逐渐被来自行省的人取而代之。尼禄皇帝是罗马人，而一年后登上皇位的韦斯帕芗大帝虽然出生于意大利，却不是罗马人。公元1世纪末至公元2世纪早期在位的图拉真大帝和哈德良大帝则是罗马殖民者的子孙，出生于西班牙。

到了公元3、4世纪，罗马皇帝的出生地从北非的塞维鲁皇帝开始，来自叙利亚、多瑙河附近等帝国边境的多了起来。戴克里先大帝的出生地达尔马提亚与意大利隔亚得里亚海相望，算是距帝国首都罗马很近了。总之，要成为罗马帝国的皇帝，只需要拥有罗马公民权，出生地是不是罗马则全无关系。

作为唯一条件的罗马公民权，在卡拉卡拉时代就授予了帝国境内所有的自由民。因此，从理论上来说，无论出生在辽阔的罗马帝国的何方土地，只要有罗马公民权，任何人都可以成为皇帝。

考虑到古罗马时代的罗马公民在帝国灭亡后变成了基督教的信徒，那么他们无论出生于西班牙还是荷兰，都不对成为教皇造成阻碍。

因此，自古以来，罗马这座城市就不会区别对待同胞和异族。从这个意义上来说，欧洲任何一个城市都无法与罗马相提并论。

在威尼斯，尽管外国人在经济和其他领域的行动是完全自由的，但是他们不能参与威尼斯的政治。同样，君士坦丁堡的国家政权只能掌握在苏丹所居的托普卡珀宫内的人手中。

马可深刻体会到，所谓的国际城市，与生活在那里的外国人多少无关。罗马是一座真正意义上开放的城市，而想来圣彼得和圣保罗能把基督教传教的大本营设在罗马，他们都是非常具有战略性眼光的人，这也难免让人露出一丝苦笑。

望着窗外的台伯河和对岸被绿色包围的美丽建筑，马可陷入了沉思，他甚至没有注意到有人进了房间。

一双柔软的手从背后抱住了他，温热的肌肤传来一股暖意。马可知道背后的人是谁,却没有回头。女人把脸贴在男人的后背,双手紧紧抱着男人一动不动。

这一宁静安详的时刻缓慢流过,速度远比沙漏慢得多。

"我爱你。"

听到男人的这句话,女人没有开口,只是用身体做了回应。马可觉得此时若是掰开女人抱着自己身体的手,推开女人的身体,女人不仅会因为失去依靠而摔倒,甚至还可能会融化、消失。

两人就这样一动不动地站在窗前。也许只是一小会儿,也许很久,总之不知过了多长时间。奥琳皮娅终于松开手,走到马可面前,脸上挂着一丝小得意。她为自己履行了诺言而高兴。她说:"已经说好了,明天去。那位大名人太难打交道了,说服他真的费了我不少口舌。"

刚到罗马不久,马可就提出想去西斯廷教堂看天顶画《创世记》,现在终于可以如愿以偿了。

著名雕塑家、画家米开朗琪罗还在西斯廷教堂进行创作,这次是在正面墙壁上制作新的壁画。他不喜欢外人进入制作现场。

马可问道:"是不是找人帮忙了?是有人帮忙说情了吧?"

对于这个问题,女人只回以微笑,却没有作答。

米开朗琪罗

女人在男人租住的房子里放了几件自己的衣服,方便和他一起外出时穿。

这些衣服低调又华丽。低调是因为奥琳皮娅在佛罗伦萨为皇帝搜集情报时曾经穿过这些既简单又朴素的女装,华丽是因为它们会让人联想到罗马屈指可数的高级妓女。

这些衣服用的都是上等面料,质地和做工很好,颜色和图案也很协调,看上去很典雅。虽然用了当时非常流行的纤细的蕾丝,但丝毫不夸张,反而更添了一分雅致。

一个女人爱上一个男人以后,在衣着方面也会极力去迎合他吗?马可无疑是一个美男子,但是他身上散发出来的气息除了帅气,还有一种安静之美。

马可身材修长,体形匀称。他的言行举止始终是稳重的,连走路都很安静,摆幅不大,就好像他的长胳膊长腿没怎么动一样。他看上去极尽优雅而非悠闲。他自己认为是慵懒。

奥琳皮娅第一次见到他时,他还没有皱纹,现在皱纹已经开始爬上他的脸,而这恰恰证明两人相识已久。女人觉得这样非常可爱。而且刻在长方形脸上眉间的皱纹让男人更添了已近中年的成熟感。

马可当选威尼斯共和国元老院元老时,刚过三十岁。那时的他意气风发,而现在距那时已过去了十个年头。和马可走到一起以后,随着时间的推移,奥琳皮娅的着装风格也发生了变化,变得与马可很般配。这大概也是女人表达感情的一种方式吧。

女人不失礼貌又略亲热地称呼米开朗琪罗为大名人。在去见这位大名人的那天,女人选了一件不花哨、很有品位的服装,从中可以看出她对马可的感情。

深蓝色的天鹅绒质地的服装衬得奥琳皮娅的皮肤更加白皙,容貌更加美丽。开口较深的衬衫领口用浅灰色蕾丝镶边,戴了一条项链。这条项链是在佛罗伦萨时,马可向工匠大师特别定制送给她的。奥琳皮娅为这条项链取了个名字,叫"拉斐尔项链"。此时意大利正流行阿拉伯人戴耳饰的习俗,为此,女人们竞相打耳洞,佩戴耳饰,但奥琳皮娅没有追随这个潮流。

她对自己细长的脖子很自豪,因此她更喜欢戴项链。在为数众多的项链中,她尤其喜欢"拉斐尔项链"。每当这条项链和衣服不搭时,她总是对着镜子左看右看,最后不得不遗憾地收起来，选择佩戴其他项链。

今天女人穿的衣服与这条项链很搭。她一边梳理蓬乱的头发一边看着镜子中的男人说："走着去有点远，所以我备了马车。"

一辆敞篷马车等在屋外，那个忠诚又沉默的大个子男仆好像担负起了马车夫的工作。时至今日，这个男人见到马可时依然只行注目礼。

马车载着两人穿过胡同，进入宽阔的尤里乌斯大道。或许是受教皇的影响，在现任教皇保罗三世正在建造私邸的这片区域，罗马有权势的人纷纷兴建自己的房子，尤里乌斯大道沿线一带正在变身成一个高级住宅区。一旦公路两侧建起整齐漂亮的房子，公路自然也会变得美观。这在任何一个城市都是一样的。更何况这条大路笔直延伸至台伯河，坐着马车走这条路再舒适不过。

看到眼前的男人陷入沉默，奥琳皮娅自然不会去打扰，她只是默默地握住这个男人的手。

经过尤里乌斯大道，再穿过右侧斜向的另一条路，视线突然开阔起来，到台伯河边了。马车减速驶向通往对岸的石桥。而马可的视线则落在了出现在对岸的圣天使城堡。

马可这个威尼斯人知道这座著名的建筑物现在是教廷的城堡，也是十年前罗马遭德意志和西班牙联军攻打时，教皇的避难之处。前面铺设有一条路，连接教皇宫殿和该城堡。

这座城堡并非建于中世纪文艺复兴时期。虽然从外观上看，围绕城堡四周的城墙富丽堂皇，很容易让人误以为这是中世纪建筑。事实上，它本是古罗马皇帝哈德良建的帝陵。到了文艺复兴时期，建筑师们在保留古罗马建筑特有的坚固特征的基础上，对其进行改造，以便满足现在的需求。

城堡内设施完善，即使被困一年，也足以应付。城堡内有井水用于饮用，还能从附近流过的台伯河引水入内以作他用。有储备粮仓，有从大炮到弓箭等各类武器，可以随时应对外来的进攻。大概是考虑到教皇和红衣主教们一旦被困，依然可以保证正常的生活需求吧。房间在楼上，其舒适程度与普通宫殿相比只高不低。

这是马可第一次看到圣天使城堡，自然从没有进去过。但是对于这些情况，马可了如指掌。因为威尼斯共和国的情报机构十人委员会保存了关于这座城堡的详细资料。被公认为欧洲最优秀情报组织的威尼斯十人委员会，也会抓住一切机会收集友邦的情报。马可·丹多洛正是该委员会的成员之一。

马车上了石桥，圣天使城堡迎面而来，马可感受到了一种压迫。而他和奥琳皮娅乘坐的马车向桥左侧靠去，并停了下来。马可一时没有反应过来怎么回事。

这时,缓坡的拱形石桥上出现了一支骑马的士兵队伍,约20人。他们穿着铁制胸甲,身上佩着剑,但是没有戴头盔。显而易见,他们不是去执行打仗任务的。嗒嗒的马蹄声一步步靠近停在一旁的、马可乘坐的马车。

骑士们个个身强力壮。在队伍最前面的是一员武将,身上的胸甲非常奢华,看样子职位不低。当时,罗马贵族都流行长发,而这一行人的头发都很短,长度仅及脖颈,大概是为了方便戴头盔,可见他们一定是真正的战士。领头的武将头发和胡子漆黑,身材魁梧,年龄在三十五岁左右。

这位骑士来到马可乘坐的马车旁时,坐在马可右侧的奥琳皮娅微笑着向他低头致意。这位骑士用犀利的目光投向奥琳皮娅,脸上不带一丝笑容,接着,他的眼睛看向马可,目光如电。

骑士队伍没有停下来。他们经过马可他们的马车旁边,而后渐行渐远。除了最前面的那个男人看了一眼两人,彼此的目光对视了一下,其他骑士甚至没有看一眼马车。

马车又动了起来。坐在车上的马可等着奥琳皮娅告诉自己刚才的那位骑士是谁。但是与往常不同,这次奥琳皮娅没有马上开口,当然也没让马可等太久。

"他是皮耶尔·路易吉·法尔内塞公爵。"

平时走在路上,从不左顾右盼的马可此时回头向后面望去,然而骑士队伍已经没了踪影,只听得见嗒嗒的马蹄声。

皮耶尔·路易吉·法尔内塞是现任教皇保罗三世的长子。他出生于1503年，今年是1537年，所以应该三十四岁了。

天主教神职人员是不允许结婚的。所以，一旦神职人员有了孩子，无疑就是丑闻一桩，所以很多神职人员都不会承认孩子是自己的，他们只说那是自己的侄子。而保罗三世却不在乎这种事情，从还是红衣主教的时候，他就是这样的性格。所以，皮耶尔·路易吉出生后的第二年，保罗就坦然地承认他是自己的孩子。不过，关于孩子的母亲，他却守口如瓶，就连威尼斯的十人委员会也未能查到。

罗马教皇是基督徒的最高领袖。神圣罗马帝国皇帝如果没有教皇主持加冕，是不被认可的，法国、西班牙国王的加冕仪式按惯例也要由罗马教皇派遣的大主教以教皇代表的身份主持。虽然此时，德意志在路德的率领下，英国在亨利八世的领导下，已经出现了反对教皇权威的运动，但是仍然没有人怀疑罗马教皇拥有的神圣力量。

当然，类似"卡诺莎之辱"这样的事件已经很久没有发生了。所谓"卡诺莎之辱"，说的是神圣罗马帝国的皇帝亨利四世为了求得教皇的宽恕，在雪地中站了整整三天。那是11世纪末期的事情。彼时，宗教的权威至高无上，而保罗三世即位的16世纪前叶，经过文艺复兴时期，人们已经对尊严有了认识。只是尽管如此，罗马教皇的地位依然不能等闲视之，基督教各国削尖脑袋想送本国的人去罗马做红衣主教辅佐教皇这一事实就是最好的证明。

那么，罗马教皇心中最重要的人是谁呢？此人是利用基督教最高统治者的厚爱而贪图享受，还是利用罗马教皇的厚爱来实现自己的野心呢？

不用说意大利各国，整个欧洲都不会忘记发生在30年前的切萨雷·波吉亚事件，不会忘记这位利用教皇儿子的身份，图谋在意大利中部建立自己王国的风云人物。按照同时代的政治思想家马基雅维利的说法，他只因遭遇了人类智慧无法跨越的厄运，在实现远大目标的途中倒下了。

马基雅维利眼中的这位年轻的风云人物在各国统治者的眼中却是个破坏既成秩序的人。切萨雷·波吉亚在三十一岁那年离世后，全欧洲的统治者们大大地松了一口气。

现任教皇保罗三世在自己还是红衣主教时就无视来自欧洲北方的路德派的谴责，公开承认皮耶尔·路易吉·法尔内塞是自己的儿子。而且在此后，他不仅任命自己的儿子担任教会军总司令，还把位于意大利北部的帕尔马和皮亚琴察的领地赐给了他。

切萨雷·波吉亚觊觎的也是教会军总司令的位置和伊莫拉、弗利这样的小国领主的地位。

皮耶尔·路易吉的高调亮相，让时刻关注教皇动态的各国统治者不能不担心重蹈切萨雷·波吉亚的覆辙。

切萨雷和皮耶尔·路易吉的相似点不只是他们的出身，还有同样大的野心。虽然皮耶尔·路易吉还没有最高等级的军事战略家切萨雷那样辉煌的战果，但是作为武将，他也是个响当当的人物。

然而，要建立一个新的王国，仅有军事才能是不够的，还必须有清醒的政治头脑。

切萨雷·波吉亚有激情，却很沉着，甚至可以自如地操控大国的国王。马基雅维利曾经感慨地说切萨雷·波吉亚"极善伪装"，而这一点在皮耶尔·路易吉·法尔内塞身上却完全看不到。教皇保罗三世的儿子性格冲动，尽人皆知。在威尼斯共和国十人委员会的绝密资料中，对他的记录是脾气偏暴戾。

话虽如此，保罗三世已经表现出了全面支持皮耶尔·路易吉。这位三年前刚刚即位的教皇此时正干劲十足，尽管已是七十岁高龄，身体依然硬朗。再加上一个人有了权力，健康和寿命不知何故就都会相应提高，因此谁也不知道法尔内塞教皇的时代还会持续多久。也许正因为如此，此时的皮耶尔·路易吉·法尔内塞才会成为备受关注的一个人物吧。

曾经位居威尼斯国家政治中心地位的马可·丹多洛不由自主地回头张望，并非单纯出于好奇。

马可注意到今天的奥琳皮娅和往常很不一样，话极少。于是，他双手握住她的手，开玩笑似的说："你向法尔内塞公爵致意，可他却连招呼也不跟你打一个呀。"

奥琳皮娅脸上浮出了平日里的淡定微笑，回答："可能他心情不好吧。"

关于皮耶尔·路易吉·法尔内塞的话题就此结束。马车经过左侧正在建设的圣彼得大教堂正面向圣安娜门而去。穿着花哨军装的瑞士士兵站立在两侧，这里是教皇宫殿的侧门。

马可以为他们要去西斯廷教堂了，却不料两人被带到了相反方向的一个漂亮的房间。这里似乎是一个等候室，是为拜见红衣主教或主教的人们准备的。马可刚要问奥琳皮娅来这里要见谁的时候，与旁边的房间相通的门打开了，走进来一位少年。

此人非常年轻，看上去还是个少年。虽然穿着红衣主教的绯红色外衣，年龄也只有十六七岁的样子。他很瘦，体格尚未成熟。胡子也许因为还不多，剃得很干净。

但是这位年轻的红衣主教的行为举止透着一种不容争辩的气质。他脸上挂着亲昵的笑容，向马可他们走来。奥琳皮娅优雅地跪下，在他伸过来的手上轻轻吻了一下。"女士，您今天太美了，简直要让周围黯然失色了。"

奥琳皮娅起身，用微笑回应这位不像神职人员的年轻人嘴里说出来的溢美之词，向后退了一步，说："他就是我跟您提过的马可·丹多洛先生,我把他带来了。"

马可单膝跪下,吻了吻这位居高位的神职人员的手。马可一边吻一边猜想他应该已经知道自己的身份了,毕竟他提的这个要求,普通人是不可能得到允准的。为了满足他的愿望,想必奥琳皮娅一定如实相告了吧。

红衣主教礼貌地向马可做了自我介绍。也许是因为当上红衣主教时日不久,他像年轻人对年长者介绍自己一样寒暄道:"我是亚历山德罗·法尔内塞。我没有去过威尼斯,很希望有机会去看看。"

马可不记得自己是怎么回答的,想来应该是很客套却又不失礼貌的,因为此时他的潜意识突然想到自己是十人委员会中的一员。

站在面前的、尚未褪去少年青涩的年轻红衣主教是刚刚在桥上擦肩而过的皮耶尔·路易吉·法尔内塞的长子,现任教皇保罗三世的亲孙子。

和他的父亲皮耶尔·路易吉不同,年轻的红衣主教知道自己的母亲是罗马大贵族奥尔西尼的女儿,可以想象他略带一丝严肃的亲切态度可能是遗传自他母亲的血统。

法尔内塞红衣主教和奥琳皮娅应该早就熟识,他们聊天的气氛非常自然。看到罗马位居高层的神职人员在公共场合对高级妓女也能一视同仁，马可认为这是对的。而这一天，身为罗马屈指可数的高级妓女的奥琳皮娅丝毫没有流露出自己的身份特征，说她是贵族夫人也绝对没有人怀疑。看着两人说话，马可觉得自己被冷落了，但是，他并没有感到丝毫的不快。

红衣主教终于把目光看向了马可这边。他先微笑着对自己冷落马可表示了歉意，然后说："现在我陪你们去那位大名人那里吧，派别人去是会怠慢这位大名人的。"

这有点出乎马可的意料，让并不笃信基督教的马可深感惶恐。但是他很清楚，今天的事能如愿以偿，完全是法尔内塞红衣主教的帮助。他礼貌地接受了年轻的红衣主教的美意。

前往西斯廷教堂的途中遇到的黑衣僧侣们看到他们，都恭恭敬敬地站在一边向法尔内塞致敬。从年龄上看，法尔内塞红衣主教在红衣主教会议中应该处于末位，但他是现任教皇的孙子，所以在教廷似乎有些威望。

通往西斯廷教堂的门很窄，这让马可又很意外。红衣主教用拳头在门上敲了三下，大概是事先说好有客来访的暗号，紧闭着的门很快打开了。

进去后，只看到前来开门的助手，一瞬以为只有他一个人在里面。往里看去，这才看到搭在远处墙壁前的高台上走下来一个男人，步履稳健。法尔内塞红衣主教向他走去，马可也跟了上去。

男人的个子并不高,肩有点宽,看上去体格很壮实。他应该六十多岁了,但是体态匀称,看不到一丝老态。他身上穿着原色的木棉短衣,沾染了各种颜料,斑驳陆离,构成一幅很奇妙的图画。腰部简单地系着一条绳子,短衣下面是黑色的紧身裤,腿非常健壮,就好像参加格斗比赛的运动员。花白的头发缠绕在一起,不知道多久没有梳头了,半张面孔埋在里面的胡子也没有修整过的痕迹。

创作中的艺术家的形象简直像一个可怕的魔鬼,与天使完全不搭界。从未见过艺术家这种形象的马可不禁目瞪口呆。

只是这个魔鬼笑起来竟是那么和蔼可亲。当然,这样的笑容只给了熟识的红衣主教和紧随其后的奥琳皮娅。当红衣主教介绍马可时,艺术家的脸上只剩下了嫌弃,似乎在怪马可打扰自己的工作。虽然法尔内塞红衣主教介绍说马可是威尼斯共和国名门望族丹多洛家族的家主,但是,对于工作中的米开朗琪罗来说,他依然是个碍事的人。当然,马可不会因为这样的冷遇而不高兴。

因为此时,他的全部心思都被布满西斯廷教堂天花板上的巨大画作《创世记》吸引住了。为了看清上面的画,他只能歪着脑袋,姿势极不自然,却丝毫不觉别扭。五颜六色的光从布满天花板的画作中洒下,感觉那是画作发出的光,而不是对窗口射进来的阳光的反射。

马可·丹多洛是威尼斯人。在对待美的事物方面,威尼斯人丝毫不逊于佛罗伦萨人。佛罗伦萨热衷于让本国艺术家把他们的才能充分用于公共建筑,在这一点上,威尼斯共和国不及佛罗伦萨。但是,作为国家政治中心,威尼斯的总督官邸的会场内则挂满了威尼斯画家们的画。

威尼斯和佛罗伦萨一样,对艺术的需求极为旺盛,因此不会缺少从事这一行业的艺术家——贝利尼兄弟、乔尔乔内、卡尔帕乔以及当时被认为是欧洲最杰出画家的提香。色彩之丰富、华丽之美是他们画作的共同点,就像是威尼斯派画家的代名词,深受好评,可以让欣赏画作的人们心满意足。

仅就绘画而言,威尼斯派画家的水平要普遍高于佛罗伦萨派画家。但是,在威尼斯派画家的画作中,却没有一幅能像米开朗琪罗创作的《创世记》那样,可以让人感受到来自画作的光芒。也就是说,至今尚未出现一幅作品能让观赏者感受到来自作品的光芒、美感和震撼力。创作这幅作品的米开朗琪罗不仅是绘画家,同时也是一位雕塑家,还以建筑师而闻名。对此,仅靠画笔创作的威尼斯派艺术家们该做何感想呢?

马可想到了曾经的一次经历,和此时的感觉一样。在旅居佛罗伦萨期间,马可去美第奇家族的洛伦佐家,看到了波提切利绘制的《春》和《维纳斯的诞生》。

他想起那两幅作品同样自带光芒。波提切利和威尼斯派画家一样，仅用画笔创作，同时他又和米开朗琪罗一样，属于佛罗伦萨派的艺术家。

教堂左右墙面上的作品为四位画家所作，也非常出色。但是，马可只是简单地扫了一眼，因为今天看到《创世记》已经让马可心满意足。他走近米开朗琪罗对他说："非常感谢您给了我如此美妙的时刻。"

而米开朗琪罗正有意无意地看着他。

马可没有再多说什么，于是米开朗琪罗原本看向马可严厉的黑色眼瞳中闪过了一丝欣赏。

"我很欣赏你的态度，你没有对画作妄加评论。因为假装懂画的假艺术爱好者太多，让我很烦。"

听到这话，法尔内塞红衣主教和奥琳皮娅哑然失笑，因为他们想到了米开朗琪罗口中的假艺术爱好者是谁。与米开朗琪罗道别后，三人离开了西斯廷教堂，而米开朗琪罗也回到工作中去了。

米开朗琪罗不反感马可。也许是心理作用，马可觉得之前一直对他以礼相待的法尔内塞红衣主教态度也随意了许多。当他得知马可的住处离自己家很近时，他甚至提出找时间好好聊聊。虽然马可知道这样一来，自己的住处会被曝光，却没觉得有何不可。因为他也喜欢上了这位脸上依然残留着少年青涩的年轻红衣主教。看上去，教皇的孙子是个既诚实又开明的人。

在瑞士卫兵的目送下，载着两人的马车离开圣安娜门，到了台伯河畔的圣彼得大教堂前。

马可还沉浸在对《创世记》这一杰出的艺术作品的回忆之中，突然听到身边的奥琳皮娅一声惊叫。一看，原来有一群人正抬着一个满身是血的男人经过马车旁。奥琳皮娅叫停马车，让他们把受伤的男人抬上来。

距此地最近的医院位于台伯河中一个叫蒂贝里纳的小岛上，坐马车很快就能到，抬着伤者的男人们接受了奥琳皮娅的建议。

"建筑工地一根石柱的柱头落下来，正好砸到他头上。不知道他为什么会在那根石柱下面。"其中一人把伤者抱上马车后解释道。马车是两人座的，上来一个伤者就显得很挤了，男人们只好把伤者交给她照顾。

马车疾驰。奥琳皮娅起身坐到马车板上，把伤者的脑袋放到自己的膝盖上。为了保证伤者不会因颠簸而造成二次伤害，她已经顾不上衣服会被弄脏了。

依旧坐在座位上的马可发现伤者的状况不容乐观。伤口血流不止倒不难处理，关键是脊椎受伤的话就无计可施了。

大概是路上有石头，奔跑中的马车被绊了一下，车身重重地晃了一下。就在这时，昏迷中的伤者微微睁开了眼睛。

他神情恍惚地看着眼前的奥琳皮娅，不知道说了句什么。

马可没有听见，而双手捧着男人脑袋的奥琳皮娅脸色突然变得很凝重，似乎是被伤者说的话惊到了。伤者说完这句话，脑袋一歪，死了。

奥琳皮娅慢慢地把他的脑袋放到马车板上，忘了告诉仆从无须再策马扬鞭。

法尔内塞家族的人

房间内的陈设全方位地考虑到了客人的感受。长凳上罩着土耳其风格的豪华织物，让人身在罗马，却能感受到伊斯兰教首都君士坦丁堡的异国情调；天花板上的错觉画上，人们站在以蓝天白云为背景的走廊上向下张望，使这个只有两个人的封闭的室内空间顿显开阔、敞亮。在这里，没有人知道你在做什么，但是你会有一种感官上的错觉，总以为一切都暴露在别人视线里。

奥琳皮娅今天穿的是高级妓女的服饰。红火的绸缎礼服用了大量面料，仅此一点，就只有豪华至极一词可以来描述了。袖口是用金丝编织的纤细蕾丝，肘部以下的装饰极尽华丽。领口开得很深，隐约可见丰满的乳房。与皮肤同色的大珍珠项链中间有一颗宝石，是当下流行的饰物。金黄色头发散发着柔软的光泽，夸张地扎出了很多波浪。

奥琳皮娅手抱鲁特琴在弹奏，不远处的一把椅子上坐着一位男子。这样的情形在高级妓女和客人之间司空见惯,然而今天的气氛却有些异乎寻常。

"为了见你,竟然等了三天,这可是第一次呀。"

"我不知道您回罗马了,我的预约客人有点多。"

"以前一回罗马过来就能见到你,看样子现在我在你心目中的地位不一样了。"

"我知道您的事,在这里我要向您道喜,恭喜您荣升教会军总司令。"

"你是真心为我高兴吗?我感觉你的话好像有点敷衍。"

"现在的您已经不是当年终日在罗马郊外策马驰骋的年轻人了。现在的您是公爵大人,有自己的领地,还是教会军总司令,负责保护基督教世界。"

皮耶尔·路易吉·法尔内塞坐在椅子上,望着女人,声音里充满忧郁,这让那些只会在正式场合见到他的人感到难以置信。他静静地说:

"那时候是真开心,什么都不用想。你母亲还在,在她身边,你可以做一个无忧无虑的普通少女,而我也只是一个红衣主教的儿子。

"那时的你喜欢做我的姐姐,总拉着我到处玩。我们一起去看刚挖掘出来的古代雕像。如果不是你强拉我去,这种东西估计我一辈子都不会去看的。"

"是呀,那时的你很不喜欢学习。"

"别说是学习，那时的我对什么都不感兴趣。虽然我没有兄弟，但是我并不孤单，因为在法尔内塞家也好，在亲戚家也好，和我年龄相仿的孩子不少。只是在这些孩子中，只有我是红衣主教的儿子，也只有我不知道自己的母亲是谁。你和我同龄，青梅竹马，只有在你这里，我什么都可以说。"

"但是你父亲并不希望这样，他早就规划好了你的未来。"

"我感觉我父亲那时已经确信自己早晚会成为罗马教皇。教皇亚历山大六世任命父亲为红衣主教时，父亲还很年轻。正因如此，他从教皇亚历山大六世身上学到了很多教皇的做派。我想也因为年轻，所以作为红衣主教，他才能摆脱各路势力的影响，站在安全的位置上观察亚历山大六世是如何帮助并善用他儿子切萨雷·波吉亚的吧。

"到了我适婚年龄的时候，美第奇家族依然处于全盛时期，罗马教廷依然掌握在美第奇家族的手中。大家甚至认为美第奇家族将独霸教皇之位。据说在罗马，随便走到哪里都能听到带有托斯卡纳方言的意大利语。那是以佛罗伦萨人为首的托斯卡纳地区的银行家、学者及艺术家们在谈论如何借助教皇的力量在罗马独霸一方。

"在这种情况下，父亲依然坚信佛罗伦萨人主导的时代终将结束，佛罗伦萨人霸占教廷的时代终将结束，罗马人的时代必将重新到来。而且他还坚信，要实现这一目标，非自己所属的法尔内塞家族不可。

"让我和奥尔西尼家族的女人结婚也是为了巩固和奥尔西尼家族之间的联系。毕竟他们和科隆纳家族一样,是罗马历史最悠久、势力最强大的一支。无论对已是教皇的父亲还是在教皇父亲的帮助下努力实现自我提升的我来说,和该家族联姻都是明智之举。"

"可那时我已经怀有身孕了。"

"我知道。但是,既然我的出身如此,婚姻就由不得我做主。父亲知道我有你,也知道你很好,所以他从来没有干涉过你我之间的交往。

"你知道我很爱你,我一度拒绝和奥尔西尼家的女儿结婚。为此,他跟我说过这样的话:'一个父亲是不会吝惜帮助女婿的。这不是为了女婿,而是为了嫁过去的女儿。只要让对方认为自己女儿的幸福全靠女婿,这样的同盟关系一定会牢固,也最值得信赖。'"

"我理解。我是妓女的女儿,我想结婚,大概也只能找不需要靠联姻的、上了年纪的大银行家吧。

"不过,我们也要为我们的儿子考虑。我原本打算自己抚养的。我不奢望他做法尔内塞家的长子,那是你们希望如此。"

"对于政治联姻,我妥协了。可是结婚一年多,妻子都没有怀孕的迹象,这事可不能小看,因为这会让我们的婚姻变得很脆弱。我父亲很担心这一点。正好咱们有了儿子,刚满一岁。"

"和你结婚的念头我可以放下,但是把刚满一岁的儿子从我身边抢走,我无论如何都很难接受。"

"我理解你的痛苦,我陪在你身边能感受到你的痛苦,而我同样也很痛苦。奥琳皮娅,虽然那时我们都很痛苦,但是现在你也看到了,我们的儿子可以堂堂正正地生活在阳光下。我父亲向奥尔西尼家族的家主提出把我们的儿子视作长子的时候,奥尔西尼家只提了一个要求,可以接受把我们的儿子看作我和妻子——来自奥尔西尼家族的女儿生的孩子,但是如果妻子有了自己的儿子,继承权必须归那个孩子。父亲同意了这个要求。

"好在那个时候,美第奇家族还处于鼎盛时期,所有人的注意力,包括各国统治者和罗马教廷里的人,都在美第奇家族出身的教皇利奥十世的侄子们身上,所以,这件事没有引起任何人的注意。给我们的儿子取名亚历山德罗,完全把他视作法尔内塞家的长子来培养,因为这个名字和我的祖父、红衣主教亚历山德罗同名。最初的四年里,他是法尔内塞家唯一的儿子。我的妻子生下儿子,已经是1525年以后的事了。

"亚历山德罗也因此失去了继承法尔内塞家主的权利。你不会对这件事心怀不满吧?"

"怎么可能。我可不想这孩子为了继承你的身份去当什么战士,我更愿意他从事神职工作,而且我觉得他也适合这个工作。"

"我父亲大概也是这样想的。虽然他是我的私生子,但是这不会成为他进入神职界的障碍,毕竟曾经的教皇克雷芒七世也是个私生子。

"虽然我们对外说亚历山德罗是我的长子,但不能保证他的真实出身不会被曝光。考虑到这种可能性,进入神职界也是最安全的,既可以有一个稳定的地位,也能确保收入来源,唯一的缺点就是不能娶妻。

"亚历山德罗虽然不能做我的继承人,但是他可以成为我父亲的继承人。三年前,我父亲刚当上教皇,就任命他为红衣主教,那时他才十四岁。而且,父亲每次见我,都会夸这孩子聪明,很有前途。"

"你跟你夫人之间已经有了奥塔维奥、奥拉齐奥和拉努乔三个儿子,应该说法尔内塞家和奥尔西尼的同盟关系已经非常牢固了。所以,亚历山德罗尽管是长子,却只能从事神职工作了,而别人家都是次子才进入神职界的。"

"这是贵族家的蠢女人说的话,这可不像你呀。

"人们都说法尔内塞家的红衣主教亚历山德罗是人才,可以肩负起罗马教会的明天。对于我来说,只有一件事让我始终耿耿于怀。那就是我不能告诉他谁是他的亲生母亲,而这个孩子也从来没有怀疑过我的妻子不是他的亲生母亲。"

"是呀,毕竟知道我是他亲生母亲的只有你和我,还有教皇三个人。"

"我觉得这样更好。因为除了我们三个人，没人知道你们的关系，所以你可以堂堂正正地见儿子。"

"是呀。现在，你父亲当上了教皇，亚历山德罗也当上了红衣主教，在基督教世界，他的地位仅次于教皇，一切都很安稳。而你，今年不仅荣升教会军总司令，还成了卡斯特罗和内皮的领主。祖父、父亲、儿子各居其位。可以说，现在的法尔内塞家族已经取代美第奇家族，进入了鼎盛期。

"还不止这些。你的次子，也就是你的继承人奥塔维奥今年刚满十二岁，就已订婚。而且订婚对象还是查理五世的女儿，而不是在罗马多如牛毛的普通贵族的女儿。查理五世可是欧洲最强大的君主，他不仅是神圣罗马帝国的皇帝，还是西班牙国王，这桩婚事绝对算得上顶配。虽然对方只是私生女，是遭暗杀的佛罗伦萨公爵的遗孀，但查理五世终究拒绝美第奇家族而选择了把她嫁到法尔内塞家。也因此，法尔内塞家族和哈布斯堡王朝也建立起了血缘关系，这实在是可喜可贺。"

"这一切都是政治策略。父亲当上教皇之后，立志振兴法尔内塞家族。他不满足于罗马贵族的地位，他要成为全欧洲的贵族。"

"在这种政治策略中，你也很重要。恐怕以后你不会再花费时间在我这种女人身上了……"

"你知道答案,何必这么说。对我来说,你是我的第一个女人,也是我唯一的女人,我唯一爱的女人就是你。"

奥琳皮娅开始坐立不安了。为了掌握时间,又不让客人发现,妓女们通常会把沙漏放在自己的身后,再利用镜子去看。此时,沙漏中的沙子已经漏完很久了。马可在等她回去吃晚饭,想必已经等得不耐烦了吧。可是,皮耶尔·路易吉·法尔内塞是一个特殊的客人,不是随便找一个借口就可以打发的。还有,她认为皮耶尔·路易吉早晚会问起马可,为此她早做好了心理准备。然而,皮耶尔·路易吉却绝口不提,这也让奥琳皮娅心生不安。

可能是感觉到了面前的女人有些心猿意马,这位男子突然走到女人身后,拿走她身上的鲁特琴,开始娴熟地解开女人扎起来的头发。这是两人要共度良宵的意思。

奥琳皮娅闭上了眼睛。她干脆什么也不想了,由着男子对自己肆意妄为。20年的时间在漫长而安静的对话之后,感觉越发沉重。

抚摸自己头发的手指,不时触吻脖颈的湿凉嘴唇,还有不停飘来的味道,这一切的一切,奥琳皮娅都是那么熟悉。身材高大的皮耶尔·路易吉抱起奥琳皮娅走向了卧室。此时,奥琳皮娅的脑海里早已不见了马可的身影。

神一样的艺术家

法尔内塞红衣主教很讲信用。作为居高位的年轻人，他履行了和马可·丹多洛之间的约定。马可去西斯廷教堂欣赏米开朗琪罗的天顶画是在一个星期前。一个星期后的一天，他便把马可请到了自己家。红衣主教的秘书来接马可时，告诉他红衣主教也邀请了大名人米开朗琪罗。

法尔内塞红衣主教请他们共进晚餐。虽然和奥琳皮娅约好要一起吃晚餐并共度良宵，但最近她来的次数有点儿少。

对此奥琳皮娅没有解释为什么，马可很想问，又问不出口。尽管如此，应邀赴法尔内塞红衣主教之约的那个晚上，他还是给奥琳皮娅写了一封信让仆人送过去，告诉她自己今晚不在家。当然，他也说明了原因。

因为距离法尔内塞宫很近，所以马可没有带仆从。走出巷子来到尤里乌斯大道，向右走一会儿就是法尔内塞宫了。只是从马可家走过去，这边是院子，有高高的石头墙围着。

正门在相反的另一边，需要穿过一条沿宫殿铺设的小路，先到广场。从奥琳皮娅家前往纳沃纳广场，也要走这条路，所以，马可对这一带很熟悉。

宫殿正面的广场是法尔内塞广场。广场对着法尔内塞宫正门，左右各放一个巨大的石造浴池。据说这是从卡拉卡拉皇帝的浴场遗址搬过来的，是古罗马时代的遗物。这两个浴池运来后，将用作喷水池。现在，该工程已经动工。

已接近完工的宫殿的外观，既不像优美的威尼斯宅邸，也不像克己的佛罗伦萨住宅，而是统一使用了华丽的罗马风格。窗户是三层式的，不多也不少。华丽但没有过多的装饰，整体保持了均衡的美。不用说，这座宫殿也是文艺复兴精神的结晶之一。

该宫殿于1515年动工。那个时候，现在的教皇保罗三世还是红衣主教。虽然距今已过去20年，宫殿的建设依然没有结束；尤其是内院的部分，还有很多尚未完工。负责宫殿建设的建筑师是来自佛罗伦萨的安东尼奥·达·桑加罗。他不仅负责绘制建筑图，还是该工程的现场负责人，建筑师负责双重任务是这个时代的惯例。（1547年桑加罗去世后，由米开朗琪罗接任。）

既然法尔内塞宫是由佛罗伦萨人负责建造的，自然在这座宫殿上可以看到文艺复兴的样式，即"动"中有"静"。

曾经有一次，马可经过宫殿前面，正巧大门打开，他得以窥见宫殿的内部，见到了华美的玄关两侧各有一排石柱，直通中苑。

今晚，马可以客人的身份来到了这里。进入门内，只见石柱背后的墙上点着一盏盏灯，而灯挂在柱间，使石柱看上去像天花板的装饰一样，飘浮在空中，美得令人惊叹。

马可在仆人的带领下进了二楼一个宽敞的房间，大概是红衣主教的起居室。偌大的墙上画满了酒神巴克斯和他的好友们，起居室的这种风格似乎不太符合基督教世界的高层神职人员，北欧虔诚的信徒看到一定会睁圆了眼睛，大发雷霆，怒斥罗马是第二个巴比伦。然而在罗马，这样的不和谐反而让人觉得很舒服。马可是出身威尼斯的意大利人，对此他只是会心一笑。

只等了片刻工夫，法尔内塞红衣主教就来了。这天晚上，红衣主教没有穿长及脚面的绯红色红衣主教服，也没有披连帽的短斗篷，而穿了当下流行的服装。上半身是紧身衣，腰部以下到膝盖部分很肥大，像裙子，袖子则上半部分宽松下半部分紧贴胳臂。衣服略长，用的是绸缎面料，上面用天鹅绒绣了些图案，一看就很昂贵。衣服里面包裹腿部的紧身裤也是绸缎的。

这身装束怎么看都像是贵族子弟，在他身上完全没有穿红衣主教服时流露出来的那种让人爱怜的感觉。对于十七岁的红衣主教来说，这样的世俗流行服装显然要自然得多。

当然，他的言行举止没有任何变化。神情淡定，也许是习惯使然，静静地看着马可走近的红衣主教伸出了右手，这是允许信徒亲吻的姿态。

马可接过红衣主教的手轻轻吻了一下。今晚的他也穿了一身流行服装，这是来罗马以后新做的。两人的服装款式相同，只是给人的感觉却很不一样。

单论身高，马可不如法尔内塞红衣主教高，但是看上去却好像比他高出十几厘米的样子。就身材而言，两人的区别就更大了。单就背部来说，年轻人或许不见得多结实，只是感觉像一个平面。一个人只有到了一定的年龄，身材才会变得立体。看男人，除了长相，身材也是判断标准。

前几天因为专注于欣赏《创世记》，马可没有好好看法尔内塞红衣主教的长相。现在细看发现，红衣主教的脸长得非常端正。

他额头很宽，鼻梁略窄而笔直，像希腊雕塑；眉毛粗而清晰，眼睛大而黑，透着安静。长得像极了他的父亲皮耶尔·路易吉·法尔内塞。只是时常挂在父亲脸上的喜怒哀乐，在儿子脸上完全看不到。也许是他的自制力很强，也许是两人对待人生的态度不同。关于这点，马可不敢妄加推测。只是，从今晚法尔内塞和米开朗琪罗的对话中，知道法尔内塞并不是一个缺少感受的人。

米开朗琪罗来晚了。老匠人解释说结束一天的工作后回家洗了个澡,出来看到刚着手雕刻的雕像,情不自禁地又拿起了凿子。把雕像弄好,洗了个手,就来晚了。对此,红衣主教只回以微笑。当然,这天晚上艺术家的装束也换成了外出服。

黑色的毛织服用的面料价格不菲。但是因为他对仪表过于不在意,所以再高档的衣服到了他身上也会变得平淡无奇。此人不仅对自己的穿着不讲究,对别人的穿着也不关心。在他心里,最在乎的也许只有裸体人像吧。

法尔内塞的家宴,尽管菜品数量不多,却做得都很精致。米开朗琪罗漫不经心地吃着一道道精美的菜品,说自己一旦投入创作,就常常会忘记吃饭。这位著名的艺术家对菜品没有表现出太大的兴趣,但是食欲却很旺盛。尽管年纪比年轻的红衣主教大三十岁左右,吃的东西却远比红衣主教多。

对于威尼斯人马可来说,他尤其感兴趣的是罗马权贵和艺术家之间的关系。

罗马的最高统治者是罗马教皇。罗马教皇同时又是基督教世界的最高领袖。不管是皇帝还是国王,只要见到教皇,都要下跪亲吻教皇的鞋(吻脚礼),这是基本礼仪。而红衣主教的地位仅次于教皇。

然而，如果对方是艺术家，无论是教皇还是红衣主教，都不会要求对方遵守这一礼仪。这就是罗马。在威尼斯时，马可听到过一则关于教皇尤里乌斯二世和米开朗琪罗的传言。

教皇尤里乌斯二世和米开朗琪罗是委托人和被委托人的关系。米开朗琪罗应尤里乌斯二世之请，在西斯廷教堂的天花板上创作了巨大的天顶画，可见两人的关系非常密切。然而这两人都很强势，常常唇枪舌剑，甚至有时候场面非常紧张。

有一次两人又吵起来了。在场的一个主教为了缓和气氛，劝说道："教皇陛下，此人艺术造诣精深，能一步登天，其他什么都不懂。您多谅解……"

怒不可遏的教皇打断主教的话，说："蠢货，一步登天的人是你，滚！"

被暴怒的教皇赶出房间的不是身穿长及膝盖衣服的米开朗琪罗，而是穿着显示其社会地位的、长及脚面衣服的高层神职人员。

在威尼斯，以提香为首的著名艺术家也很受尊敬。只是和罗马不同，共和国领袖和艺术家之间的关系不是个人对个人，大概是因为在罗马，艺术家的成就直接关系到委托人的名声，而在威尼斯，委托人通常是国家或同业者工会，所以很少出现个人与个人之间的冲撞。

马可觉得看两个人互怼很有意思。只是法尔内塞红衣主教还年轻,而且也不像尤里乌斯二世动不动就发怒。因此,他和米开朗琪罗之间即使有分歧,也是在心平气和、充满敬意的氛围中展开争论。这天晚上,年轻的红衣主教提出了一个大胆至极的方案。这个方案不是建筑方案而是城市改建计划,最适合邀请米开朗琪罗来负责。

法尔内塞红衣主教两眼闪着年轻人特有的光芒,指着展开在米开朗琪罗面前的地图说:

"法尔内塞宫是我祖父建的。因为这座宫殿非常宏伟,在罗马屈指可数,彻底完工还需要时日。现在,祖父当上了教皇,父亲也有了自己的领地,他们无暇顾及此事,所以我只好自告奋勇,担起这个责任,配合建筑师安东尼奥·达·桑加罗努力去完成它。

"建筑师是祖父选的,所以我要秉承祖父的想法,继续请他来做这件事。但是我也有我的想法,我也想把我的想法变成现实。您是我最尊敬的艺术家,我希望您能接受这份工作。"

法尔内塞红衣主教的想法是跨越台伯河,把东西方向延伸的一片土地建设成法尔内塞专属区域。

要实现这一计划,首先需要把尤里乌斯大道对面、正对着法尔内塞宫的建筑买下来，那个建筑是马可租住的法可涅里家右侧邻居家的。关于这个房子的买卖已经基本谈妥。买下来以后，对这个房子进行改造，使之成为法尔内塞宫殿的附属部分。只是，主建筑和附属建筑之间隔着一条尤里乌斯大道。为了不破坏这条路的完整性，不能改造这条路，因此需要建一座大桥连接主建筑和附属建筑。只要天桥建得漂亮，也会给尤里乌斯大道增色，使之成为罗马最美的一条路。

台伯河对岸有一个非常大的院子，里面有一个田园式的宅邸。那是银行家基吉家的。法尔内塞红衣主教说他打算把它买下来。米开朗琪罗插话道："那只能在台伯河上架桥了。"

计划用作附属建筑部分的房子在马可租住的房子隔壁，就在台伯河东岸。想从那里前往基吉的院子，像米开朗琪罗说的只能架桥。

这一带的台伯河上只有两座桥。一座在圣天使城堡前面，另一座在下游，是教皇西斯都四世时代所建。为了方便人们往返台伯河两岸，在这两座桥之间，设了四个渡口，缆绳连接两岸，渡船靠拉动缆绳往返。与佛罗伦萨的阿尔诺河不同，罗马的台伯河上可以行船，所以像阿尔诺河那样，在上游和下游两处进行拦截，使水流变缓的方法行不通。

只要有桥，在桥上修一条路并不难，但是西斯都桥太长。想在这个位置连接两岸，只能架一座新桥。（这样，这一带有三座桥。）

法尔内塞红衣主教想请米开朗琪罗负责实施这一方案。对此,这位六十多岁的艺术家爽快地答应了。他说:

"这个方案一旦变成现实,以法尔内塞宫为中心,包括鲜花广场、台伯河以及对岸绿色地带在内的区域将出现一个统一规划的、美丽的空间,也将成为法尔内塞家族的一大成就。"

年轻的红衣主教也附和说:"也是又一项不会辱没您美名的事业。"

马可在一旁听着,觉得自己见证了一个文化的诞生。这段对话也让他了解到,委托人不只是简单地提出要求,同时也能激发创作者的想象力。

两个男人

最近每次外出,马可总觉得后面有人盯着自己。

有时莫名其妙地感觉有人盯着他的后脑勺,有时又觉得有人盯着他的额头,甚至有时感觉有人紧紧盯着他的侧脸。

这种感觉不只是他独自外出时才有,和奥琳皮娅一起外出时,同样有这种感觉。只是她什么也没说,所以马可认为被跟踪的是自己。

这一猜测在听了仆从的一番话后得到了印证。仆从说:"主人好像被什么人盯上了吧。我去市场买东西,总觉得人群中有人在盯着我。"

马可问这个年轻的仆从什么时候开始有这种感觉的,仆从说的日期和具体时间与马可感觉被跟踪的相同。这种事情如果只发生一次,可以解释为偶然,但是三番五次出现,就不可能是偶然了,而且可以认为这不是一个人的行为,而是几个人轮流在监视主仆二人的行动。

马可想不出原因。

他辞去威尼斯共和国的公职为时已久，其间从未见过曾经的同僚。无论是在佛罗伦萨旅居期间还是来罗马后，他与威尼斯人没有任何交集，甚至连商人也没有接触过。自己是威尼斯首屈一指的名门望族丹多洛家族的家主，曾经也是共和国政府的中枢情报机构十人委员会的重要一员。但是这一切和现在的自己没有任何关系。虽然有时难免要介绍自己是丹多洛，但是从未跟人说过自己曾是十人委员会的一员。

马可·丹多洛作为普通人的日子一天天过去，他非常满足于这种恬淡舒适的感觉。若想和高级妓女奥琳皮娅保持情人关系，现在这样的生活再合适不过。

这样的生活既不会伤害谁也不会受到伤害。马可无论如何也想不出自己被跟踪的理由。他想告诉奥琳皮娅，终究没有说出口，因为他不想让她担心，再观察一段时间跟她说也不迟。

这几天，马可过得非常充实。因为他找到了一个非常称职的导游。此人名叫恩佐，年龄在七十岁上下，是地地道道的罗马人。虽然没有学识，但是从懂事起他一直为教廷从事古代遗址发掘工作，经验丰富，尤其是拉斐尔担任总监的时代，他曾经协助拉斐尔工作，几乎成了拉斐尔的左膀右臂。

恩佐最近退下来，让位给了年轻人。但是关于罗马的遗迹，他依然堪称一部活字典。

把恩佐介绍给马可的是法尔内塞红衣主教。两人现在走得很近，几乎每星期要见一次。有一次，马可对红衣主教说：

"我的出生地威尼斯在中世纪和文艺复兴时期的审美方面首屈一指，但是古代的东西却无处可寻。佛罗伦萨是中世纪文艺复兴精神结晶的花都，有其独特的审美。那儿虽然有古代的影响，却不太重视古代的遗存。

"罗马就不一样了。在罗马，即使是中世纪的教堂，里面的圆柱也可能是古代留下来的。甚至有文艺复兴时期所建的宅邸，院子里也能看到古代的石棺，墙上保留着昔日所建的古代建筑中的拱石。此刻我坐着的椅子也是古代的柱头，只是上面放了一个真丝罩着的弹簧垫而已。

"罗马帝国灭亡后，威尼斯依然只是一个渔村，人们靠晒盐、捕鱼为生。而佛罗伦萨是罗马人在阿尔诺河畔建起来的一个城市。在古代，也是一个很不起眼的小镇。

"而罗马，作为世界之都，有着千年的历史。我甚至觉得在罗马，如果完全抛开古代的东西，生活将变得毫无意义。"

作为地道的罗马人，年轻的法尔内塞红衣主教听了威尼斯贵族马可的话后，点点头说："想了解古代罗马，我可以给你介绍一个人。"于是第二天，恩佐老人就拿着红衣主教的介绍信敲开了马可住处的门。

从这天起，马可开始了寻古之旅。除了雨天，其实罗马几乎没有下雨天，所以马可几乎每天上午都跟着一早来接他的老人游历古代遗址。有时候走得远了，为了在太阳落山、城门关闭前赶回来，甚至会听着日落前响起的晚钟声策马快奔。

之前，在奥琳皮娅起床回去后，马可大多时候都待在家里无所事事。现在，也许是法尔内塞红衣主教嘱咐过，恩佐老人每天早上都会敲马可家的大门，马可比奥琳皮娅早起的时候也多了起来。奥琳皮娅甚至调侃马可，说他这是过上了健康的生活，不错呀之类的。

也许是因为每天都很忙碌，所以虽然开心，终究会感觉疲劳。没有奥琳皮娅的晚上，他甚至不去想为什么就沉沉睡去。而且，他也不再纠结是否还有人在跟踪自己。

作为游览古代遗迹的导游，马可认为恩佐老人非常称职。因为没有学识，关于古代遗址的由来他是说不上来的。但是关于遗址，他可以准确地说出发掘的规模、遗物的位置、发现遗物的时间等。他带着马可逐个去看，从不厌烦。

马可并不希望恩佐老人介绍古代遗址的由来。有些导游为了表现自己工作很尽心，会把相关的历史详细地介绍一遍。对于一无所知的人来说，这样做自然很难得，但是对于像马可这样有学识的人来说，就会觉得不胜其烦。听导游没完没了地说一些道听途说的历史故事和由来会让他兴味索然。但恩佐老人从不说毫无根据的话。作为长年接触古代遗址发掘工作的人，他只介绍自己知道的东西，而这些正是马可求而不得的知识。

不清楚是因为马可支付的酬金高，还是看到一个威尼斯人如此热衷古罗马而心生喜欢，恩佐老人给了马可两件令他意想不到的礼物。

一件是罗马的地图，是他长期使用的。不用说，这张地图不简单，上面用不同的颜色标出了不同的年代，可以从古代的罗马看到16世纪的罗马。收到这件礼物时，马可忍不住惊呼起来。

另一件礼物同样让马可爱不释手。那是一支20厘米长的铁制笔，笔头很尖，其价值绝对不逊色于罗马地图。古罗马时期做会议记录等时，通常都用铁制笔刻在涂满蜡油的木板上。虽然那时已有莎草纸，也有压得极薄的羊皮制的耐油纸，但是都很昂贵，所以大多用于正式文书以及书籍。学生在老师的指导下学习用的所谓的"笔记本"，通常也是用绳子穿成册的蜡油木板，写信用的好像也是木板。

马可收到铁制笔的时候，恩佐老人讷讷地说：

"按照规定，不管是来自发掘遗址还是来自施工现场，挖掘出来的古代遗物都要向教廷古迹发掘班报告。

"有权有势的人建私宅时发现的古物可以私藏,但是也要尽报告的义务。当然如果发现的遗物明显是一件杰作,大多情况下也会被教廷收走。

"像我们这些从事发掘工作的人是严禁私藏遗物的。但还是有人会把挖掘出来的小雕像呀,壶呀之类的东西偷偷带出去。在这个古代复兴势头正盛的时期不愁没有买家。

"当然,一旦被发现,下场就惨了,很多工人因此失去了工作。在遗址发掘现场工作的人中,很少有人能长期干下去。"

恩佐老人大概是一个诚实的人。在长达50年的时间里,总监换了好几个,而现场监督始终是他。

"这支铁笔不是我有意偷拿出来的。它刚被挖掘出来,现场就发现了拉奥孔群像,也就是现在修整得干干净净摆在教廷的群像,于是我随手把它放进了工作服口袋。当时发掘现场非常混乱,在场的人个个兴奋异常,我也忘了这支铁笔的事情。过了几天,我才发现口袋里还有支笔。因为这件遗物没有那么重要,所以就没再向上报告。"

马可郑重其事地收下了这件礼物。握着这支铁制笔,他感觉从古罗马到现在的漫长的千年岁月似乎从未间断过。

有谁用过这支笔呢?是书记员还是元老院元老,或将军?他想象的翅膀无限地伸展开来。

从开始寻访古迹到此时已经过了约 1 个月的时间。有一天，恩佐老人向马可提议去奥斯提亚——古罗马时代的罗马外港。听上去这个提议非常有吸引力。

去奥斯提亚有点远。老人知道马可租借的房子自带码头，于是提议坐船，从台伯河顺流而下直达奥斯提亚。到目的地后，仆从把船开回罗马，老人陪马可参观奥斯提亚遗址，然后骑马沿古代公路回罗马。老人说要想好好参观奥斯提亚附近的遗址，三天时间足够了。

此时已经入秋，正适合坐船顺流而下，马可毫不犹豫地同意了。他向奥琳皮娅告假，说这几天自己要暂时离开罗马。奥琳皮娅笑着说："来罗马的外国人为什么都会变成研究古代的学者呀？"

马可拉起心爱的人的手，一边吻一边认真地回答说："别人为什么我不知道。至于我，是你把我带到这条路上的，因为是你让我认识了法尔内塞红衣主教和米开朗琪罗。

"在一旁听他们说话，总能引得人浮想联翩。

"法尔内塞红衣主教是个了不起的人物。年纪轻轻已经在思考如何重建罗马了。而且他相信可以和他合作共同促成这一伟大事业的人选非米开朗琪罗莫属，而艺术家本人对此也表现出了莫大的热情。

"他们是 16 世纪当下的人。要想把改造罗马的设想变成现实，他们必须对古罗马有全面的认识。正因为他们对古罗马有全面的认识，所以才能创造真正的罗马风格。

"对他们来说，从古代到文艺复兴时期长达千年的岁月既漫长又短暂。他们想创造只属于16世纪罗马的东西。从这个意义上来说，千年的时间是漫长的。同时，他们也很清楚，要创造真正意义上的16世纪的罗马，必须建立在千年前的罗马的基础上。从这个意义上来说，千年的时间又是短暂的。

"听了他们两个人的对话，我清楚地了解了这一点。佛罗伦萨人米开朗琪罗身上流着的热血，身为威尼斯人的我同样也有。

"当然，他是天才，可以把这个东西变成具象的。而我从事的是国体政策的研究，很可能终其一生都活在这个领域，不具备他那样的才能。

"但是奥琳皮娅，我可以拥有和他一样的精神世界。只要和他有相同的精神世界，那么不管我是继续从政，还是经商度过我的后半生，我认为我都可以活在这个精神世界。"

奥琳皮娅意识到这个男人身上焕发了新的生机，想到这多少和自己有些关系便心生欢喜。再有，在她的内心深处，因为这件事又和年轻的红衣主教亚历山德罗·法尔内塞有关，也让她高兴得想流泪。

奥琳皮娅默默地靠向马可。马可把她搂在怀里，心里充满了怜爱之情，这是志趣相投的人之间才会感受到的一种感情。对于此时的马可来说，眼里溢满了泪水的女人不仅仅是性爱的对象，也是可以共享精神世界的伴侣。

用嘴吸吮着女人眼中流出来的泪水，马可在女人的耳边轻声说道："你是我生命中的女人，是我生命中唯一的女人。"

马可到奥斯提亚的第一个晚上，在罗马，在面对纳沃纳广场的家里，身着宽松家居服的奥琳皮娅，与皮耶尔·路易吉共进晚餐。

这个男人不喜欢奥琳皮娅和他共度夜晚时穿着华丽的衣裳，因为那是所谓的工作服，奥琳皮娅顺从了他的意愿。这么做不是因为他是风头正劲的法尔内塞公爵，而是觉得换身衣服就可以让他满意，何乐而不为呢。

皮耶尔·路易吉留宿的时候，每次都这样。只是这个时候，伺候晚餐的不是小女佣，而是沉默寡言的大个子男仆。这个仆从是法尔内塞的人，是他年少时的仆人，来自法尔内塞家族的故乡、意大利中部一个叫卡斯特罗的小镇。

一百年前，法尔内塞家族来到罗马，之后与他们的故乡之间依然保持着联系。他们非但没有断绝联系，甚至还很热衷于维护那片故土，把故乡人视作家族的成员，法尔内塞家的仆人也大多来自那里。

沉默寡言的仆从在皮耶尔·路易吉少年时代伺候过他。随着主人长大成人，在奥琳皮娅怀上法尔内塞家的子嗣时，被派来伺候奥琳皮娅，成了她的仆从。

这样的安排当然是皮耶尔·路易吉的主意，自然也得到父亲、现任教皇保罗三世的默许。孩子一岁被法尔内塞家族带走后，仆从依然留在了奥琳皮娅的身边，这也是皮耶尔·路易吉坚持的，因为他担心年轻的情人失去孩子后会经不住打击。当然，那时的皮耶尔·路易吉心里也许还有让此人监视奥琳皮娅的想法，甚至现在依然如此。

皮耶尔·路易吉暴躁易怒。传闻只要公爵进房间，屋里的人都会不由自主地心慌。然而，就是这样的他，和奥琳皮娅在一起时却完全变了一个人。说话从不粗声野气，非但不凶，甚至温柔得让人心疼。他不变的只是外貌，还有，脸上依然几乎没有笑容。

奥琳皮娅觉得他爱抚自己的感觉也和过去一样。十五岁时那种小心翼翼的感觉，到了三十五岁的现在依然如此，对奥琳皮娅疼爱有加。

也许这是一个从未感受过母爱的男人的宿命吧。随着年龄的增长，母爱会让男人觉得不胜其烦。但是从未感受过母爱的男人或许永远都不会懂得如何与女人相处吧。

当然，皮耶尔·路易吉并非对所有女人都很温柔，这一点不用听别人的议论奥琳皮娅也知道。最近，皮耶尔·路易吉常常被人们拿来和切萨雷·波吉亚做比较。但是，至少有一点他和切萨雷·波吉亚不同,他不会惹上丑闻,和他婚外唯一的女人奥琳皮娅之间的关系也隐藏得极好。

与他相比,奥琳皮娅觉得与马可·丹多洛在一起会更轻松。虽然他不会开玩笑,没有甜言蜜语,但是和他在一起不会感觉有隔阂,和他交往的人几乎无一例外都会放下戒心。

当然,马可说不上很有魅力。他不像领导者,更像一位谋士。因为领导者高高在上,既要让人感到亲切,同时言行举止或多或少要给人一丝压力。而马可的身上只有静,很有品位的静,没有在现实的惊涛骇浪中一马当先奋力拼搏的冲动。他不是一个逃避现实的人,但是他身上反映出来的气质却像一个旁观者。

与安静的性格、温和的言行举止形成对照的是,马可的爱抚粗暴而强硬。也许除了因为成长的过程中有母爱相伴,或多或少还因为他很清楚自己的欲求吧。对女人来说,也许他真正的魅力就在这里。

奥琳皮娅每次被他搂住,身体总是不自觉地投向他的怀抱。不是因为他的拥抱,更多的是因为马可抱住自己时的眼神,好像在说看你怎么办。

怎么办是奥琳皮娅的事。事实上,每当这种时候,她的身体就会背叛她的意志。或者说,每当这种时候,她的意志就会消失得无影无踪。剩下的只有一具女人的躯体,躯体迎合着男人的欲望,任由男人摆布。

头埋在皮耶尔·路易吉强壮的胳膊中,奥琳皮娅想的却是这种事。

对她来说,这两个男人在她生命中都很重要。

他们中的一个没有亲密举动时会让她感到一丝不安。而一旦两人身体合二为一,又会表现出无限的温柔,让她感到很平静。

另一个少言寡语,在一起时会让她有一种无以言表的踏实感,而一旦肉体相拥,又会让她的心深陷不安。

和皮耶尔·路易吉在一起时感受到的不安让她很想逃避,而和马可在一起时感受到的不安却让她非常享受。如有可能,她愿意永远有这种不安相随。

男人的声音传来,奥琳皮娅的思绪被拉回了现实。

"这几天我要去一趟卡斯特罗。就任教会军总司令后,在罗马的宣誓仪式等活动已经全部结束。这次是我第一次以教会军总司令兼卡斯特罗和内皮公爵的身份前往所属领地。"

"你家人也去吧。"

"亚历山德罗是红衣主教,要留在罗马,另外三个儿子会一起去。特别是奥塔维奥,明年他和查理五世的女儿就要结婚了,教皇父亲说要让他多经历一些正式场合。"

"我知道了。公爵要带儿子一起离开罗马,公爵夫人也一起去吗?"

"奥琳皮娅,这种既伤我又伤你自己的话以后不要再说了。

"奥尔西尼家族是罗马最古老的家族之一。这个家族中不仅有皇帝,也有在法国、威尼斯这样的强国担任雇佣军首领的人。法尔内塞家族的武装力量与奥尔西尼的相比根本不值一提。我虽然是教会军总司令,但不过是一个头衔。有的只是在需要的时候召集将领的权力,实际掌握军队的是我妻子娘家的那些男人。"

"用不了多久,你也会统治更大的领地,成为符合公爵这一称号的君主,而不只是卡斯特罗和内皮这种小地方的领主吧。"

奥琳皮娅有点生自己的气,她觉得自己不该像他妻子那样说这种话。但是尽管如此,奥琳皮娅并不想改变自己。

"所有的一切正朝着你所希望的那样发展,这让我感到很欣慰。"

皮耶尔·路易吉轻轻吻了吻女人散乱而浓密的头发,用双手捧起女人的脸,眼睛里充满了男人的猜疑,而不是顾忌女人感受的神情。

"圣天使城堡前面的石桥上和你坐在一辆马车里的男人是谁?"

奥琳皮娅有点意外。她原以为桥上偶遇后，皮耶尔·路易吉第一次来就会问这个问题，没想到他来了很多次都没有提起。迄今为止，自己和其他男人在一起时，被皮耶尔·路易吉撞见的次数不少。如在大银行家基吉家的宴席上、法国大使的晚餐会上等，奥琳皮娅在罗马的社交活动中是常客。和别的男人走在路上也被他撞见过。但凡这种时候，奥琳皮娅和皮耶尔·路易吉总是假装认识却不熟的样子。

皮耶尔·路易吉从来没有问过奥琳皮娅和她在一起的男人是谁，也许他认为那些都是高级妓女奥琳皮娅的客人吧。奥琳皮娅原以为他把马可也看作客人之一。

然而此刻，他却问了起来。为了不让他发觉自己很吃惊，她努力装出睡意蒙眬被吵醒时的声音回答说："是威尼斯贵族，叫马可·丹多洛。"

实话实说是最好的选择。以皮耶尔·路易吉现在的身份，找人去查实再容易不过。

"我是在威尼斯的时候认识他的，他是我在威尼斯租住的房子的主人。"

奥琳皮娅没有提两人曾一同滞留佛罗伦萨，因为她去佛罗伦萨是受查理五世的派遣从事间谍工作，需要对皮耶尔·路易吉保密。当然，她之所以能接受这项工作，是因为当时皮耶尔·路易吉正巧有军务远离罗马。

"他只是你的客人?"

男人说话的声音依旧。

"是呀。他说想来罗马学习,我答应帮他来着。"

"马可·丹多洛是受到革职三年处分的人。"

不出所料,法尔内塞公爵查过马可。看来自己去马可租借的家这件事他已经知晓。奥琳皮娅身体有点僵硬,她等着皮耶尔·路易吉的下文。

"他是你情人吧。"

这次奥琳皮娅选择了沉默。

"在桥上看到你们坐在马车里的时候,我就知道。你对他的态度和对其他男人不一样。"

女人还是没有开口。男人好像并不是在要答案,而是像自言自语似的继续说道:"他有没有向你求婚?"

这次奥琳皮娅没有回避,因为这个问题并不意外。

"没有。他不会和我结婚的。"

"可他是单身。虽然以丹多洛家族家主的身份和你结婚可能会被人说三道四,但是娶妓女为妻的威尼斯贵族并非没有。只要他有这个决心和勇气,绝对不是做不到的事。"

被戳中心事,奥琳皮娅还是有点不好受。她从未向马可提过结婚的事。如果完全没有可能,她自然不会强求。自己爱上了这个男人,只要他有这个心,结婚并非不可能,可是他却从未提过这两个字。她只能在心里默默地告诫自己不要奢望和马可结婚，但终究还是痛苦的。

泪水顺着奥琳皮娅的脸颊直往下流。说不清缘由，只是止不住地流泪，也许是因为身边的人是皮耶尔·路易吉。男人双手紧紧捧着女人的脸，在这个晚上，第一次用严厉的口吻说："不管他是谁，都不能把你和我分开。我绝对不允许发生这种事情。"

寻古之旅

船航行在台伯河上，顺流而下的旅途很愉快。上船离开租住的房子后，一直执着地监视马可主仆二人的视线消失不见了，水上之旅的兴奋让他们很快忘记了这件事。

马可年轻的仆从跟随主人离开威尼斯后，第一次找到了自己存在的价值，精神非常亢奋。作为威尼斯人，赶马车让他很为难，而一旦上了船，就好像进入了他的世界。和威尼斯城所在的海湾不同，台伯河流域弯道多，水流比较平缓。顺流而下只需要掌好舵，控制好方向即可，既无须扬帆也无须划桨。马可和老人相向坐在船中央，把掌舵的事交给坐在船尾的仆从。

恩佐老人虽然年事已高，但依然耳聪目明。迎着河面吹来的风，他向马可介绍沿途风景。

"这一带的河床也是古代文物的重要挖掘现场。"

台伯河上唯一的小岛蒂贝里纳渐行渐近。

"罗马帝国到了末期,天主教徒渐渐成了首都罗马的主人。他们讨厌古罗马,毫不留情地毁坏古罗马留下来的一切,连大理石雕像也被扔进了台伯河。所以,在这一带的河床,经常可以发现古代的文物。"

"我希望能看到遗迹发掘的场景。"

"明年夏天您还在罗马的话,我陪您去吧,因为疏浚河道的工作要在夏天进行。那时水温较高,方便潜水,而且水位也会下降很多。"

马可脑海里想象着从河中捞上来五具完整的古代雕像的画面,说:"那些大理石雕像一定很美吧。每次看到没有脑袋或鼻子的古代雕像,作为同是基督徒的我,都为那个时代的人们的野蛮行径深深地感到羞愧。但是,雕像扔进河里,应该可以躲过这种暴行吧?"

"没有的事。不过,从古代末期到中世纪,无论是被扔进河里的雕像还是运往罗马的途中,因船只沉没而沉入河底的东西,毕竟在河泥里埋了千年之久,就算五具雕像依旧完整,身体上也一定污迹斑驳,难以洗净。它们原本都是用光洁如镜的白色大理石制作的杰作,说起来实在是可惜得很。"

从蓝绿色的水中打捞出纯白色的大理石雕像,终究只是幻想。马可意识到自己犯了一个低级错误,就好像一个对古代一无所知的人。他忍不住苦笑起来。

建有教堂、修道院和医院的河中小岛蒂贝里纳被甩在了后面，前面出现了一个很大的弯道。船继续向前行驶，不久拐向右侧，接着又拐向左侧，围绕罗马的城墙出现在视野里，从这里开始就算出了罗马城。小船顺着河流，向河口驶去。

离开城墙后，出现在台伯河两岸的风景随之一变。那里有缓缓起伏的绿色平原，有随处可见的古代遗迹，有正在吃草的牛马，以及数量远超牛马的羊群。这里的耕地很少，时而可以听见打破周围宁静的追赶羊群的狗的叫声。16世纪罗马郊外，仍以畜牧业为主——这似乎回到了之前古罗马帝国的状态。如果抹去随处可见的遗址，这里的景象与公元前5世纪左右的罗马近郊一定很相似。

威尼斯共和国境内的帕多瓦和维罗纳一带有种植小麦、葡萄及橄榄的耕地，可耕作的土地几乎都种上了作物，放牧羊群的风景自然是没有的。与罗马近郊相比，那儿古代遗迹也少得可怜。

"这里的羊真多。"

一句话，马可就暴露了自己外国游客的身份。

恩佐老人难得笑了，答道："对于罗马人来说，面包和奶酪是一日三餐必不可少的食物。奶酪是用羊奶制作的，烤全羊是一年一度最大的盛宴。"

他笑着继续说："对于我们从事挖掘古代遗址工作的人来说，羊还是我们最得力的助手。因为遗址有一个最大的敌人，就是长在石头缝里的杂草,而羊群会在这些杂草疯长起来之前把它们吃掉。"

威尼斯人马可恍然大悟。

有导游的最大缺点是,在见到景物前,把一切都介绍给你了。而恩佐老人不会这样做,他会等马可自己去发现。在马可提出疑问时,他会先回答问题,然后再就相关内容进行说明。他之所以会这样做,大概是看出了马可的性格,知道马可是个有学识的人吧。

台伯河上弯道多,却也有笔直的地方。河道较直的地方,东岸都会出现一条大路。虽然坐在船上看不到这条路,但是可以看到牵驴的农民和骑着马的人在那里来来往往,推断那里一定有大路。老人的回答也证明了马可的这一猜测。

"那也是一条古罗马留下来的大路,连接罗马和奥斯提亚,叫奥斯提亚大道。在古代,奥斯提亚是罗马的外港,和亚壁古道一样,非常热闹。

"古罗马人认为大路应该满足两个条件。一是可以缩短旅途的时间,二是走在上面有舒适感。因此,可以铺成直线的地方,大路一定是笔直的。从罗马到奥斯提亚的这条大路,距离30千米,几乎都是直线。走水路往返的距离是走这条路的三倍。从奥斯提亚回罗马时,我想走这条古代留下来的大路。"

对此，马可没有异议。

奥斯提亚大道完全消失在视野中之后，老人告诉马可，台伯河河口已经不远了。再次进入弯道。现在的奥斯提亚港就在河水即将流入大海的位置。把船停靠在河口附近的码头，一行三人下了船。

在这里，马可主仆就要分开了。按计划，仆从要等到午后刮起顺风时，沿台伯河北上回罗马。马可和恩佐老人则租马游览周边的遗址，然后骑马回罗马。

马可对仆从说不用急着回罗马，可以在奥斯提亚待到第二天下午。年轻的仆从高兴地接受了主人的提议。

"好久没在海上钓鱼了，我去海上钓鱼吧。"

马可说这主意不错。站在奥斯提亚海滨看着眼前的大海，马可很兴奋。威尼斯是一个海上城市，说是海，其实就是一个海湾，所以风平浪静。话虽如此，海终究与阿尔诺河、台伯河不同，总会有浪，也难怪来自威尼斯的仆从欢喜雀跃。

大概是恩佐老人事先安排好的，马可吃到了久违的新鲜海鲜，他非常满足。租来的马是一匹黑色的阿拉伯马，看上去很强壮，感觉骑上它一路就可以回到威尼斯。因为恩佐老人年事已高，所以他选择了骑驴。老人提议先去看大海再去看古代遗址。于是，两人沿着台伯河掉转马头向西南走去。

"这一带过去是一片海。"

恩佐老人主动解说的时候，总像是在自言自语。

"因为台伯河上游带来的泥沙日积月累，海岸线一点点地推向了海里。"

周围没有人家，只有低矮的草丛。低着头安静吃草的羊群成了这里的一道风景。除此之外，还有堤坝围起来的地方，是盐田，这对于来自威尼斯的马可来说可谓再熟悉不过。威尼斯在对外贸易做大以前，能卖给别国的唯一的物产就是盐，在海湾周边的海岸上晒制的盐。

恩佐老人掉转了方向，马可也跟着掉转马头，看向北边。马可骑在马上俯视着骑驴的老人，问："港口建在河口，自然免不了泥沙堆积。古代罗马人没有考虑到这一点吗？"

"当然想到了。在设施建设方面，罗马人的才能可是出类拔萃的。

"台伯河不是溪流，虽然不及波河那样大，也算得上是一条大河。在那个时代，人们也知道泥沙堆积会让海岸线往海里延伸，建在河口的港口早晚会变成河中的码头。因此，他们保留了奥斯提亚港口城市，利用台伯河的弯道，另建了一条运河。现在我们就去那儿。

"在这条运河上，他们新建了一个很大的人工港口。港口由两部分组成，用建造这两个港口的皇帝的名字命名，分别叫克劳迪港和图拉真港。

"整个港口完全不受风浪的侵袭，大型船只可以直接靠

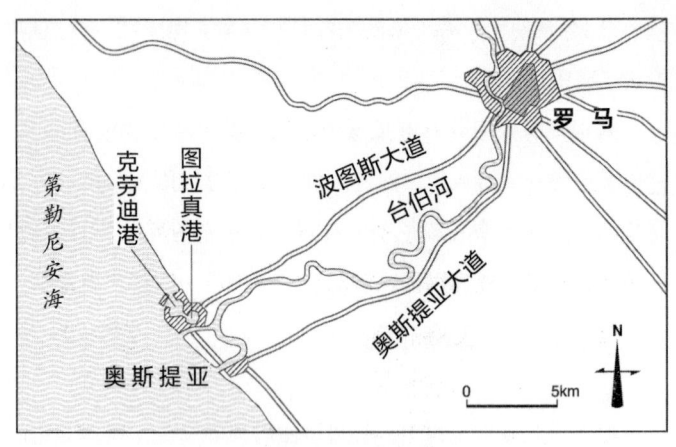

罗马与奥斯提亚

岸。在那儿,大船上的货物卸到小船上。小船通过运河进入台伯河主河道,北上直达罗马。当然,也有一部分是走大路从奥斯提亚运到罗马的,因为运到帝国首都罗马的货物数量庞大,需要同时借助水运和陆运的力量。"

然而,尽管已经有了心理准备,出现在马可眼前的克劳迪港和图拉真港已不见了港口的模样,长达千年的中世纪把人工运河变成了普通河流,堆积起来的泥沙把这里的海岸线也推向了海里,景象还是令人震撼。如果对上游带下来的泥沙置之不理,那么,泥沙一定会越积越多,最后以河口为顶点,形成一个三角的形状,而这个三角形还会不断变大。其结果是,在地中海世界,曾经以规模最大、设施最新而自豪的罗马外港将变成草丛中的一个湖。

倒塌的建筑、裸露的砖墙、一排排没有柱头的白色圆柱,这些是港口附近的古代仓库遗迹。

这天,马可第一次陷入了沉默,大脑一片空白。看着眼前曾经是辉煌梦想之地的遗迹,他感觉到了极度的压抑。

这不是他第一次看古罗马时代的遗迹。迄今为止,他去过万神殿,也在古罗马广场漫步。走在罗马城内,随处可见喷泉、列柱,以及大理石的碎片,然而他从未有过此时此刻的感受。

也许是古罗马广场和万神殿虽曾是承载古罗马人梦想的遗存,但早已和现代人的生活融为一体的缘故。也许是因为站在遗址当中,马可似乎能够看到16世纪的罗马人嬉笑怒骂着从一旁经过。

而在这里,完全看不到那种景象。在这里,只能听到波浪声和海风声,甚至连狗叫声都听不到。马可自言自语道:"有一天,威尼斯会不会也变成这个样子呢?"

这是这位16世纪威尼斯贵族说的话。

他并不需要答案。但是,在他身后的恩佐老人明确地回答了他。

"只要住在威尼斯的是威尼斯人,应该不会变成这样。"

"你是说现在生活在罗马的不是罗马人?"

"罗马人早就没有了。从帝国灭亡的200多年前开始,罗马人就渐渐地消亡了。因为没有了罗马人,帝国也就灭亡了。"

马可回过头,第一次盯着老人的眼睛认真看。恩佐老人只是一个平民百姓,没有接受过教育,但是,少年时代开始从事古代发掘工作的经验在不知不觉中让这个男人有了深刻的见解。

马可什么话也没说,只用眼神表示了赞许。

第二天游览奥斯提亚遗址。遗址位于现在的城区偏北。在古代,一直到那个位置附近,台伯河的河道都是弯曲的。沿着彼时的河道建起来的就是古代的奥斯提亚城。

平原上只有松树、青草和羊群,还有不知是羊倌还是农民的人。一路走去,远处出现了一个规模较大的遗址,有些男人正在那里作业。

他们是从事挖掘工作的人。恩佐老人介绍说,他们是教廷所属的古代遗址发掘队的人。有几个男子向老人打招呼,大概是熟人吧。恩佐老人也热情地跟他们一一寒暄。

乍一看,挖掘遗址的工作似乎只是沿着露出地面的柱子、墙壁向下挖。老人说要挖掘古代遗物,只能选择没有人住的地方,田地、放牧家畜的地方也比较容易开展。但是,有人住的地方即便明确知道下面有古代城镇,即便有教皇的命令,挖掘工作依然很难开展。

奥斯提亚遗址上的挖掘作业，据说已经着手的只是极小的部分。

"人们开始关注古代，只是近百年来的事情。在那之前，遗址不过是为人们提供盖房用的建材，是为盗贼遮风挡雨的地方。因为一百年前掀起了文艺复兴运动，教廷这才开始有计划地开展挖掘工作；当然，目的并不在发掘遗址、保护遗址，而是在于获取从遗址中挖掘出来的古代雕像。"

恩佐老人是遗址挖掘界的活字典。但是看着眼前的景象，他也不能给马可以明确的、肯定的讲解。他只能用推测的语气说这里可能是市场的遗迹，那里应该有过竞技场，等等。但对马可来说，这样的讲解已经足够好了。所谓历史，说到底只是一个想象中的世界。既要用肉眼去看，同时也要用心去解读。这就是历史的世界。

看着眼前只剩下一层的遗址，去想象曾经四五层高的古代建筑，取决于你如何看待眼前留下来的这层。很显然，仅靠眼睛看是远远不够的，还需要结合罗马、威尼斯和佛罗伦萨现今的建筑，充分发挥你的想象力。这一天，马可只顾着听老人介绍，几乎没有说话。

只是，马可没有像前一天在奥斯提亚港口遗址时那样，感觉此地是曾经彰显古代强国梦的遗迹。因为奥斯提亚城虽然是罗马大帝国的对外门户，但是规模不大，说到底只是一个镇。与古代的奥斯提亚港口相比，这个曾经的"港口"现如今只有大海和海风相伴，具有的只是古罗马的象征意义。

这天晚上，他们住在了奥斯提亚。大概是因为骑了一天的驴，身体依然健壮的恩佐老人显得非常疲劳。当然，也有一部分原因在于马可，他参观完遗址后，在遗址周围又逗留了许久。

尽管如此，他们还是在太阳下山前赶到奥斯提亚城，住进了城内的一家旅馆。一方面是马可体谅老人的辛苦，另一方面是第二天要早起离开奥斯提亚。原本他们计划沿奥斯提亚大道一路北上回罗马，但马可改变了计划。对于严谨稳重的马可来说，这种情况甚是罕见。之所以临时改主意，是因为他希望去亚壁古道看一看。就算只走一小段，他也想在古罗马最有名的亚壁古道上走一走。

恩佐老人笑着同意了马可的要求。为了尽可能缩短行程，老人决定当晚在旅馆查好走亚壁古道回罗马的路线。

晚饭后，马可躺在了旅馆简陋的床上。一整天的参观游览之后，本该很快入睡，他却在黑暗中睁着眼睛久久未能入睡。马可的思绪沉浸在古代罗马里，但现代的罗马却不合时宜地出现在了他的脑海里。

这一天，马可再次感受到了那个原本已经忘却的、监视自己的视线。早上似乎还没有，是参观奥斯提亚遗址快结束的时候感受到的。有人在监视自己，有人在跟踪自己。这究竟是为什么？本该留在罗马的这个疑问，此时再次出现在马可的脑海里。

当感受到那道视线的时候，骑在马上的马可装着若无其事的样子慢慢回头看去。然而不远处，除了正在从事挖掘作业的工人以外，只见两个割草的农民，大概是在为家畜储备过冬饲料。除此之外，就剩下这一带最常见的风光：在草原上吃草的羊群，披着粗制滥造的斗篷、戴着大檐帽、手里拿着木棍的羊倌。没有看到形迹可疑的人。他没有把这事告诉恩佐老人，但是整个下午，马可感觉到，莫名其妙的视线总是时断时续地落在自己身上。好在经过一天愉快的旅程，疲劳感让马可慢慢进入了梦乡。

女人的担忧

奥琳皮娅决定今晚要问清楚一件事,这件事让她寝食难安。因为害怕答案,她始终没敢问,但是现在她忍不住了。

妓女通常用不着刻意打听,也会或多或少知道客人的秘密。尤其是像奥琳皮娅这样的情况,坐上高级妓女的位置,便拥有了最高级别的客人。因此,有时甚至会听闻一些有关国际政治的、极为机密的情报。

对于高级妓女来说,除了弹奏乐器供客人欣赏,说些场面话博取客人欢心,穿漂亮服饰取悦客人外,保守秘密更是不可缺少的素养。这是她们的职业操守,是必须遵守的规矩。

也许是因为奥琳皮娅知道的秘密太多,她早已习惯假装。

但是,最近一段时间让她寝食难安的那个秘密非同一般。这个秘密一直折磨着她,她觉得非弄清楚不可。

她知道想弄清这个问题,问皮耶尔·路易吉·法尔内塞是最简单的方法。之所以一直没有问出口,除了害怕真相,还因为奥琳皮娅从佛罗伦萨回到罗马后,再也做不到像从前那样对皮耶尔·路易吉完全敞开心扉了。

男人并没有变,原因在女人身上。奥琳皮娅很清楚,是因为自己爱上了马可·丹多洛。

与皮耶尔·路易吉的关系是不能见光的。从理论上来说,她爱上马可不存在背叛。她和皮耶尔·路易吉只是情人关系,既没有誓约,也没有经济上的纠葛。虽然收过皮耶尔·路易吉送的礼物,但是她也接受过其他客人送的礼物。

这是心理上的问题。皮耶尔·路易吉爱她,而她也一直在回应对方的爱。正是这样的关系,让她在心里对皮耶尔·路易吉有一种歉意。如果他们相互没有付出真爱,就不会有这样的心理。然而皮耶尔·路易吉和奥琳皮娅在长达二十年的交往时间里,两人都真心地爱着对方。

现在,想结束这种关系的是女人。于是,对男人来说不是问题的问题就成了问题。所以,虽然有了新的爱情,却也给奥琳皮娅带来了无尽的烦恼。她的心给了另一个男人,而前一个男人依然爱着她。

只是今天晚上,她下定决心要问清一件事情。她在等待皮耶尔·路易吉全身心放松的那一刻。

女人把绸缎被子盖在男人敞着的胸膛上,假装漫不经心地说:

"我一直都在担心……"

"什么事？"

皮耶尔·路易吉依然沉浸在快感过后的疲倦中，闭着眼睛问道。

"你还记得我们在圣天使城堡的石桥上相遇的那天吗？我坐在马车上经过圣彼得大教堂时，碰到一个被掉下来的石柱头砸伤的人。我让他上了马车，还准备把他送去医院。可惜那个人没到医院就死了，死前我听到他说了一句话。"

男人还是闭着眼睛，说："什么话？"

奥琳皮娅深深吸了一口气，说："他说自己是被法尔内塞大人谋杀的。"

听到此话，皮耶尔·路易吉这才睁开眼睛。上半身依旧埋在柔软的绸缎罩着的两个大枕头中间，眼睛盯着奥琳皮娅，用不怀善意的语气说："那个叫丹多洛的威尼斯人跟你在一起吧，他也听到了？"

"没有，他应该听不见。因为伤者说话的时候含混不清，我抱着他的脑袋坐在马车板上听着也很费劲。"

皮耶尔·路易吉·法尔内塞恢复了正常的语气说："那你担心什么？"

"你怎么能这样说。那个人说自己是被法尔内塞大人谋杀的。法尔内塞大人不就是我们的亚历山德罗吗？"

奥琳皮娅不自觉地提高了嗓门。看着这样的奥琳皮娅，男人笑了，接着笑容溢满了整张面孔。

作为卡斯特罗和内皮的公爵，作为教会军总司令，现在的皮耶尔·路易吉·法尔内塞在罗马的地位仅次于教皇。然而，此时的他笑得就像一个再普通不过的男人。他坐起来，依然笑着，没有丝毫恶意。奥琳皮娅呆呆地看着他笑。

听着爽朗的笑声，奥琳皮娅似乎又看到了在罗马郊外策马奔驰的、年轻时候的皮耶尔·路易吉，这让她体会到了甜蜜的回忆和现实的痛楚。

男人终于停止了笑，用温柔的语气调侃道：

"没想到你这样的女人也会因为母爱而失去理性。你以前可是我的拉丁语老师，还经常帮我做作业。

"可是那又怎么样？一听到'大人'，你竟然只想到红衣主教。我理解。毕竟'大人'主要用来尊称红衣主教、主教等地位较高的神职人员。可是，你是不是忘了它还有一个意思？在世俗世界里，它也是家仆称呼地位很高的主人时用的一个词。我们的儿子亚历山德罗·法尔内塞跟这件事没有关系。"

听了皮耶尔·路易吉的解释，奥琳皮娅大大松了一口气，感觉笼罩在头顶上的乌云瞬间散开了。

看着女人这个样子，皮耶尔·路易吉恢复了正常的语气。他说："你现在知道伪装成事故杀死那个男人的不是法尔内塞红衣主教了。可是，我没说这件事跟法尔内塞无关。你一点儿也不担心吗？"

奥琳皮娅看着男人的脸："难道是你……"

"是的，是我杀的。那个男人是我的法语翻译。因为会说意大利语和拉丁语的法国人不多，所以我和法国大使以及来自法国的红衣主教会谈时，他给我做翻译。前些时候我看他的样子有点奇怪，于是派人跟踪了他。结果发现他偷偷地跟法国大使会面，而且不止一次，所以我叫人杀了他。"

"确定他是间谍吗？"

"不确定，因为没有审问他，但是可能性很大。杀他只是为了敲打敲打法国国王。因为现在，法尔内塞家族和西班牙国王的关系很密切，这让法国国王很害怕。但是，想在我身边安排间谍，我是绝对不会答应的。"

奥琳皮娅轻轻叹了口气说："你太可怕了。"

"你怎么也会说这种没有见识的话？我已经不是多愁善感的年轻人了。现在的我不再是别人的棋子，我现在是下棋的人了。只是奥琳皮娅，现在的我只有一件事做不到，那就是放弃爱你。因为我不像切萨雷·波吉亚那样冷血，我不会为了实现自己的野心而不择手段。一回到罗马，我最先想到的人是你。这就是最好的证明。"

女人长长的手指抚摸男人的短发，看着烛台上微微摇摆的灯火。

亚壁古道

从奥斯提亚到罗马的奥斯提亚大道是一条直线。但是，马可希望回罗马时，可以去亚壁古道走一走。而要满足他的这个愿望，只能绕行。

在古代，有一句话叫条条大路通罗马。以罗马为中心，道路呈放射状向四面八方延伸出去，奥斯提亚大道和亚壁古道是其中的两条。只是，罗马位于长筒靴状的意大利接近中心的位置，连接罗马到奥斯提亚的奥斯提亚大道是向西南方向延伸的；而亚壁古道是到布林迪西的。布林迪西位于长筒靴后跟的位置，因此从罗马到布林迪西需要纵向穿越意大利半岛向东南方向前进。

如果说奥斯提亚是罗马面向地中海西侧开放的门户，那么亚壁古道的终点布林迪西则是罗马面向希腊及东方敞开的大门。

因此，这两条大路才几乎呈90度直角从罗马向外延伸。

走亚壁古道回罗马，必须从奥斯提亚横穿罗马郊外的平原前往亚壁古道。

恩佐老人建议先沿着奥斯提亚大道走一段，途中离开大路进入平原，从东北方向前往亚壁古道。

恩佐老人希望尽可能缩短在平原上行走的距离。虽然那儿通常只有羊群和羊倌，但有时会有强盗出没。他说驴的速度太慢，以防万一，要改骑马。

"到罗马不过二三十千米，需要这样小心吗？"马可笑着说。

对此，老人一脸严肃地回答道：

"当然需要。如果只走大路的话，当然不需要担心。从奥斯提亚往南走的话，是科隆纳家族的领地，从那儿到那不勒斯很安全。但我们要走的这片却是空白地带，不在科隆纳家族的势力范围之内，而罗马教皇也很难顾及意大利的每一个角落。

"而且，就算那一带没有强盗胡作非为，周围多如牛毛的遗址也是强盗们最好的栖身之处。小心点儿总是没错的。"

那一天，他们没有遇到强盗团伙，也因此没有经历快马加鞭策马狂奔以躲避追击的冒险一幕。一路上，他们沐浴着秋日的阳光，优哉游哉地前行。

只是在离开奥斯提亚大道时，马可耍了点花招，成功甩掉了前一天跟踪他的人。就在离开奥斯提亚大道时，旁边一辆载着货物的马车轮胎掉了,车上的货物掉了一地。马可趁机催促老人匆匆离开了大路。

一望无际的草原、随处可见的羊群、藏匿阳光的茂密松林、明显是古代遗迹的高架水渠,构成了这一带的特色,罗马人笼统地称为田园,其中,尤以古罗马时代的高架水渠最为突出;虽然经过漫长的岁月到处都是裂痕,依然顽强地挺立在这里。这个遗迹曾经跨越数十千米,从水源地把水输送到罗马。

羊群在石拱桥下默默地低头吃草。马可学着羊的样子,骑马依次钻过一个个拱桥,感受着远看并不大的拱桥,时而捡起掉落在地的碎石,悄悄放进口袋。摸着这些碎石,感觉千年的岁月似乎从未存在过。

在平原,除了古代水渠,还看到了残留在砖墙上的大理石。根据恩佐老人的说法,这一片是古代富豪建于罗马郊外的别墅遗址。进入别墅遗迹的里面看,地上还有马赛克地板。现在,这些遗迹有的成了强盗的栖身之地,有的成了羊倌在雨天的躲避之处,有的成了农民储存农作物的仓库。罗马时代的砖墙用水泥砌成,非常牢固,因此如果单纯只是遮风避雨的话不需要修缮。

隔着很远就看出前方快到亚壁古道了,因为那里的松树按一定的间隔排列。从草原出来进入大路,第一件事就是拍打掉沾在人和马身上的干草和草籽。

大路是石板铺成的。经历漫长的岁月，石板与石板之间出现了裂缝，不再平坦。尽管如此，以铺马赛克的方式粘接大石板而成的古代道路，比中世纪用小圆石铺成的城市道路好走得多。古代人在道路的维护方面非常用心，绝对不会允许石板之间出现裂缝，路面一定是完好无损的。走在上面，不管是人，是马，还是车，一定会备感舒适。遗憾的是，道路的维护工作已经荒废了千年之久，这样舒适的道路只能在想象的世界里出现。

当然，尽管失去了古时的用途和美观，能在如今的亚壁古道上走一走还是别有一番情趣的。

别名叫"罗马松"的伞形松树为旅途中的人们休息提供了遮蔽之便。坍塌的古老墓地里留下来的大理石成了旅途中的人们休息时的最好的凳子。

亚壁古道旁的松树不像佛罗伦萨近郊的丝柏那样排成一列，而是间距很大，错落有致。虽然不能完全满足旅途中人遮阳挡风的需求，但是马可知道，作为保护道路的一种手段，这种做法非常高明。

树木有根。种在道路两侧的树，根系会伸向铺在路上的石板下方，根可以撬动石板，于是古代罗马人为使道路平坦，不惜牺牲路旁的树木。

马可想起了意大利中部成排的丝柏也很美,只是从意大利中部到北部,路旁却没有植树。

这一带的亚壁古道呈一条直线。骑马行进在路中央,向着罗马方向而去,这让马可感觉好像自己正在走向一个未知的舞台,而矗立在两侧的松树和墓地则像烘托主人公登场的陪衬。

马可信马由缰地走在路上,恩佐老人跟在他后面也是这样。马可回头看了一眼老人说:"这里的墓真多。"

老人策马紧走几步,靠近马可说:"古代罗马人禁止在城墙内埋葬死者,只有奥古斯都建的陵墓和哈德良皇帝的陵墓是例外。哈德良皇帝的陵墓现在变成了圣天使城堡。"

"这么说,古代的人都把墓建在城墙外面了。"

"我们天主教的教堂本来就是建在殉教的圣人遗骸之上的。所以,对于生者和死者共存一处并不介意。"

"是吗?你说的共存,实际上是生者活在地上,死者长眠于教堂地下。在威尼斯不是这样的。因为威尼斯是建在海上的城市,地下挖墓穴很困难,所以有一个专门用来埋葬逝者的岛。

"我认为真正意义上的共存应该像罗马人那样。先不说这算不算共存,至少在古代,生者和死者的相处方式我觉得很有意思。

"当时,亚壁古道是主要道路,人来人往一定很频繁。读古人留下来的书籍,我知道每隔一天的行程,路边就会有一条旅馆街。另外,罗马有权有势的人家建的别墅也很多。

"然而,随着离城市越来越近,道路两侧的风景渐渐变成了林立的墓地。走在大路上的是生者,在两侧看生者来往的是死者。在尚未进入基督教时代的古代,死者不必埋入地下。他们可以留在地上沐浴着阳光、吹着清凉的风与生者共存。我觉得他们在这里,远比在人来人往的城里与生者共存要舒服得多。

"像路这样的设施,离城市越近,人的来往就越频繁。埋在这种地方,死者不会感到寂寞。而且,死者的亲属就生活在城墙里面,把死者埋在城墙附近,便于扫墓。此外,贵族为了躲避城市的嘈杂,享受清静,呼吸新鲜空气,会把别墅建在远离城市、公路的地方,而把可以就近眺望生者的地方让给死者。

"古代罗马人有死者的世界,但是没有天堂和地狱。也许正因为如此,古代人才可以接受这种愉快的共存方式吧。"

恩佐老人默默地听着马可一反常态的、喋喋不休的话语,没有说话。当然,看上去也没有不高兴。沉默有三种含义,赞同、反对和没兴趣。显然恩佐老人的沉默不属于后两者。

马可却为自己说了那么多而感到羞愧。他把剩下的想法留在心里独品,不再多言。此时,他第一次觉得有一道光从一个地方照亮了他的人生之路。

直到昨天,马可还在盼着来自祖国政府的召回令。

在威尼斯共和国,带有时效的开除公职并不意味着政治生涯的结束。马可受到的处分是开除公职三年。被开除公职只是因为他的一个轻率行为。如果他犯的是危害国家的罪,惩罚不会只是开除公职三年。马可是威尼斯共和国政府的情报机构十人委员会的成员,作为国家的一名高级公务员,如果犯了损害国家利益的罪,在威尼斯是要被判死刑的。

政府官员马可·丹多洛受到惩罚,是因为他喜欢上了奥琳皮娅,后者是为神圣罗马帝国皇帝兼西班牙国王查理五世服务的间谍。他的这一行为虽然不至于给国家利益带来危害,但在当时,威尼斯和查理五世的对立关系只是没有表面化而已。

当然,开除公职的三年期限过去后,也不一定马上会被威尼斯政府召回。

如果被认定此人不是国家所需人才,就会遭到无情抛弃。这样一来,这个人的政治生涯就算结束了。威尼斯共和国的公职都是无偿的,没有人为了经济利益而从事公职,他们不需要为了生计而寻找工作。话虽如此,无所作为地度过一生也不是件容易的事。所以,大多数人从事公职是为了提高自己的社会地位,得到更好的生活环境。然而,一旦从事公职的路被堵死,就只能在对外贸易界或金融界为后半生开辟一条新的人生之路。

马可坚定地相信自己一定会被召回。不是因为他是威尼斯首屈一指的名门丹多洛家族的家主，而是因为他觉得自己的想法和生活态度与威尼斯共和国未来的发展方向一致。

尽管没有明确的事实依据，只是模糊的感觉，但马可知道，在从政的世界里，这种感觉往往有很高的可信度。

与其他同时代的国家相比，威尼斯共和国之所以能避免陷入社会发展僵化的境地，是因为它有一种体系在发挥作用，那就是在社会众多的领域里，失败者都可以复出。这个体系为威尼斯社会长期的稳定发挥了极大的作用。给予受到开除公职处分的人以回归的机会只是其中的一例。

话虽如此，从事国家政事的人要恢复公职，自然不能和贸易界、金融界相提并论，被开除公职者复职需要经过威尼斯所专有的一套程序。

首先，当开除公职的期限临近时，政府会对此人进行秘密的、彻底的调查。调查被开除期间，此人是否有过危害国家利益的行为，因为被开除公职的人始终是威尼斯公民。

调查结果清白，会上报四十人委员会，这是掌管司法的一个机构。

如果调查结果没问题，就继续审议此人是否为共和国所需人才。如果答案是否定的，那么此人将再无缘公职。如果被认定为共和国所需人才,也不会马上恢复他的公职。在共和制国家威尼斯,除了事务性工作,所有公职都要经过选举。

如果调查结果显示,开除公职期间没有任何问题,同时又是共和国所需人才,那么,此人就会进入适任的委员会委员候选人名单。这个名单由威尼斯共和国最高决策机构,也就是威尼斯共和国政府提出。威尼斯共和国"政府"由16人组成,分别是总督、6名副总督、六人委员会的6名委员和十人委员会的3名负责人。

进入候选人名单后,能否当选都取决于委员。根据委员会的性质,共和国国会议员为2000人,元老院为200人。在选举中,总督和普通委员一样只有一票。

话虽如此,能进入共和国最高决策机构提出的候选人名单,意味着政府很看重此人,也意味着开除公职的罪行将一笔勾销。只要不出意外,上了政府提出的名单,候选人通常都会当选。威尼斯共和国正是用这样的方式给予被开除公职的人以复职的机会。

马可一直坚信自己将会以这样的方式回到为国家政治服务的世界。无论是在佛罗伦萨期间,还是现在居住在罗马,他内心深处始终坚信这一点。他和很多威尼斯贵族一样,把为国家政治做贡献看作自己的使命。

然而此时,他的思想发生了动摇,他开始想,自己或许还有别的活法。

如果在罗马定居会怎样呢？按照马可的财力，完全可以在罗马近郊随处可见的某个湖畔建一栋舒适的别墅，在里面逍遥度日。也可以请恩佐老人做自己的专属导游，在学习古代文明中快乐地度过每一天。他还可以从罗马去希腊、非洲或西班牙旅行；通过这样的旅行，去体会不同于普通旅行的意义。至于交通，肯定是从威尼斯走更方便，那儿与海外的交流更多。罗马在帝国灭亡后，早已不再是一个海运大国了。但是，旅途的起点同时也是灵魂的出发点；在这一点上，罗马绝对至高无上。

马可越想越远。

如果定居罗马，自己将变成一个普通人。只要把丹多洛家主的位置让给家族中的其他人，他还可以正式娶奥琳皮娅为妻。他相信家族中的其他人一定可以担负起威尼斯名门望族丹多洛家族的管理和与此相应的、服务国家政治的义务。

自己如果作为一个普通人在罗马生活，脱离掉高级妓女身份的奥琳皮娅就可以时刻陪在自己的身边，恩佐老人也将成为自己理想的专属导游。偶尔想聊天，谈一些有意义的话题，可以找法尔内塞红衣主教和他身边的艺术家们。

马可觉得这样的生活也很不错。作为威尼斯贵族，他这样的想法可能有些不思进取。但是，作为威尼斯人，愿意打破条条框框的束缚是自己的决定，爱上奥琳皮娅这样一个非凡的女人也是自己的决定。

一想到奥琳皮娅听到自己这些想法时的反应，马可脸上不由自主地浮现一丝笑容。他甚至想快马加鞭早早回到罗马。只可惜，一路上慢悠悠，要在城门关闭的晚钟响起前赶回罗马似乎不太可能。再加上，事先计划这天晚上要住在亚壁古道沿途的一个旅馆。结束一天的旅程之后，身心得到放松，晚餐时再喝点葡萄酒，恩佐老人会一改白天的克制，变得快言快语。这也让马可有些期待。

这天晚上，在旅馆内院的葡萄架下，凉爽的秋夜时光在两人中间悄悄流逝。老人手里把玩着喝干后的黄铜空杯说：

"你可能会觉得古代遗址挖掘工作是和时代脱节的。实际上，这项工作和社会动向关系密切。

"一百年前，文艺复兴刚刚兴起的时候，资金开始流向这项工作。当然，真正开始开展这项工作的时间距今也就五十多年。教皇、红衣主教们以及应邀来到罗马的学者、艺术家都对这项工作表现出了极大的热情。那些学者和艺术家说服教廷出资支持这项工作。毕竟罗马没有产业，有财力的也只有教廷。

"从遗址挖掘出来的古代雕像非常美，连外行人也能看出它们的美。于是，罗马有钱的教皇和红衣主教，以及因与教廷的关系而积聚了财富的大银行家们也开始热衷于古代文明了。

"所有人都希望家里有一两件古代的物件,就连没有雄厚财力的人也因为自己家的墙上镶嵌了从遗址发掘出来的古代大理石碎片而兴奋不已。

"艺术家终究是艺术家,他们在看到古代遗迹以及古代遗物后,会深受启发。您知道米开朗琪罗吧?我经常看到他在遗址中边走边思考,一走就是好几个小时。每次工人们看到他都会议论,不知道这位大名人这次又要创作什么样的作品了。"

"是呀。像我这样一个外行看到遗迹也会受到触动,更别提在他这样的专家眼里,那就是宝藏。应该说,只有了解古代,才能创作出优秀的新作品。"

"您说得太对了。就连我这样的普通工人也常常会这样想。

"但是丹多洛大人,我觉得像这样开明的时代已经在走向终结了。

"现在的教皇是罗马人。他孙子法尔内塞红衣主教与他的教皇祖父想法一样,也很开明。他不会因为自己是基督徒而仇视古代的异教文明。不仅如此,他还希望自己站在前头,指导人们了解古代,进而创造现代。他年纪不大,却实在是个了不起的人。所以问题不在他们。

"但是,我还是觉得时代正在发生变化,个人意志已经很难撑起这个时代了。当然，这种事情不是我这个无知的人脑门一拍就想得出来的。我只是现学现卖，听负责古代挖掘工作的艺术家们说的。

"我听他们说，阿尔卑斯山北侧的那些国家对罗马现在的做法心怀不满，认为教廷过于热衷古代，还用艺术作品装饰教廷的建筑，罗马天主教会已经堕落。

"我不知道这个情形是不是真的。万一是真的，说不定中世纪又要回来，教徒们一见到异教的东西，就一律毁坏。"

马可也陷入了沉思。他谨慎地说：

"那个时代的基督徒大多很无知，所以才会砸雕像头部，削雕像鼻子，把雕像扔进台伯河。我认为这样疯狂的举动，现在不会再出现了。当然，可能会有那么一天，教廷无法再像现在这样，把大量的金钱用在和教义信仰无关的事情上。但是，只要与宣传教义相关，无论是建筑还是雕像，或是其他东西，我想应该会允许存在的。"

"如果是那样，像奥斯提亚遗址上正在进行的挖掘工作是不是就要停了呢？"

"也许会继续，以不同于现在的形式继续。"

"不同的形式是指什么？"

恩佐老人急切地问马可，马可从未见过他这样。

"这只是我个人的看法。我有点担心会出现罗马帝国灭亡后发生过的事情。"同平时一样，马可平静地对老人说。他忽然有一种很奇妙的感觉。这里是亚壁古道沿途的一个旅馆内的院子,他感觉这话好像不是自己说的,而是从白天看到的坐落在沿途的墓地中走出来的古代罗马人,借着自己的嘴说出来的。

当然,马可是一个威尼斯人,威尼斯人比其他任何一个国家的人都要崇尚合理性。他在心里埋怨了自己一句傻,接着说道:

"这是我参观罗马市内遗址和这几天游览古代遗址后总结出来的。我想,把如此牢固的古代建筑变成遗址的,一定是罗马帝国灭亡后长达千年的岁月。

"但是,损坏程度如此之高,负主要责任的真的是自然界的风吹日晒雨淋吗?我觉得大自然只负次要责任,负主要责任的应该是人。

"那些用水泥黏合的部分没有遭到太大的破坏。这些地方还保留了相当数量的大理石板,但是也很危险。因为,只要看过用石材垒砌起来的部分的惨状就可以想象得到。

"在很长的一段时间里,人们从古建筑上拆下石材用来盖自己的家或教堂。这些石材原本就用在建筑上,直接拿来用实在是再方便不过了。同样,只要把大理石板拆下来,使用起来也很方便。大理石板拆下来后,可以用来贴土墙,也可以贴在石壁上。用水泥黏合的砖墙因为不容易拆,所以才得以保留。

"中世纪的基督徒用损毁古建筑、挪用古建筑的材料来表达他们对异教的憎恨，他们不会对自己的这种行为表示出一丝一毫的愧疚。而且，因为异教徒曾经迫害基督徒，所以，毁坏他们留下来的东西，非但不会受到谴责，相反还有可能得到鼓励。"

不知几时起，马可把做导游的恩佐老人看成了一个可以和自己平等对话的人。

"如果通过排斥异己来贯彻自己的思想，这种不宽容的时代卷土重来，或许拆解古代遗迹的风潮也会死灰复燃。人们会在光天化日之下堂而皇之地去破坏古物而没有丝毫愧疚。到了那个时候，现在热衷于保护古代遗迹的教皇和红衣主教或许会摇身一变，也热衷于拆除古建筑、挪用古建筑的材料。

"从宗教的角度来说，这是为了保护基督徒的健全信仰。所以可谓师出有名。为此，古代遗迹不得不继续承受人们的野蛮对待，以及风吹日晒雨淋，直到闭塞的社会终结，光明再次来临。

"说起来，真是可悲。闲置的房子不论何时何地，命运都是一样的。即便是亚壁古道，在注重对其进行维护的时代，路上见不到坑坑洼洼，排水也做得很完美，走在上面应该很舒适。然而……"

恩佐老人好像没有完全理解马可的话，但是他了解马可的心情。他压低声音，告诉马可一件不为人知的事情。

"丹多洛大人，我告诉您一个秘密，您不要跟别人说。知道这件事的人很少，即使是从事教廷古代遗址发掘工作的人，知道的也不多。

"您也看见了，这一带墓地很多，其实这些墓的下面还有墓。关于这件事，负责指挥挖掘的人早就注意到了。

"我是文盲，看不懂拉丁文。听那些有学问的人说，在古罗马时代，天主教徒的墓都建在城墙外的地下。原因大概是地上的空间都被异教徒占据了。

"虽然知道地下也是墓地，但是一直以来，没人知道地下的墓具体在什么位置。最近，有几个羊倌偶然发现了一个入口。

"他们没有向上面报告，可能是想把陪葬品据为己有吧。他们也没有告诉其他人，几个人就进了地下墓地，结果没有一个人从墓地走出来。六个羊倌都失踪了。

"我们之所以会知道这件事，是因为这些羊倌的家人上报了他们失踪的事。总之，结果就是没有一个人活着回来。盗墓者有这样悲惨的下场完全是自作自受，但是也因此，原本已经发现的入口又找不到了。"

马可笑了笑。因为他想到了，就在这个亚壁古道上，死者依然精力充沛地在活动。他这位威尼斯贵族马可越来越为罗马的魔力着迷。

威尼斯贵族

南国罗马温和又慵懒的日子一天天过去。秋天过去了，冬天结束了，而春天也已走过一半。时间来到了 1538 年。

对于秋去冬来、冬去春来的季节变化，马可并没有太多的感受。就好像季节在不经意间从他的身边悄悄流去一般。

应该说罗马的四季是分明的。夏天阳光强烈，秋天略感寒意，冬天还会下雪，而春天则万物复苏，无论是动物还是人类都充满了活力。只是在罗马，季节交替的过程很模糊，同时，每一个季节都很平静。

罗马既不是建于海上的威尼斯，也不是位于盆地的佛罗伦萨，虽然距海边不算太远，却是台伯河畔的一座平原城市。虽说坐落在平原，但因为东边和北边有亚平宁山脉阻挡，强北风吹不到罗马。又因为坐落在平原，虽然西风和南风可以长驱直入，但是空气流通，湿度不高。来自非洲的风不会造成罗马天气炎热。

因此，夏天尽管光照强烈，却不会热到令人难以忍受。初秋的天气也很舒适。到了冬季，头上依然碧空如洗，周围依然是翠绿一片，甚至会让人忘记严冬这个词。在罗马，季节不是等来的，而是某个时刻突然发觉这个季节已经来临。

马可心想，威尼斯可不是这样的。

威尼斯是一座建在海上的城市，属于海洋性气候，没有夏日的酷暑和冬季的严寒。或许应该说，威尼斯的季节交替不是自然现象，而是人造的景观。

每到秋季，你会看到出海的船只纷纷进港。下了锚的船一艘紧挨一艘停靠在港口。在可以停泊大型船的圣马可码头和左侧绵延的河岸，挤满了归来的船只。夏季，船可以横着停靠在码头。到了冬季，码头和河岸因从东方、英国及荷兰等地回来的船只而显得拥挤喧嚣。别说是横着停船，就是能停进去已经很不错了。此时，码头和河岸密密麻麻都是船。数不清的船只头朝岸，桅杆成林。因此，船能靠岸而停是非常幸运的。临近圣诞节，很多船只能停在海湾，靠小船把人和货物送到岸上。这个季节，小船就像水上的豉甲一样密密麻麻，络绎不绝。

来自国外的货物运到后，威尼斯的经济中心里亚尔托桥周围顿时就变得热闹起来。因为和威尼斯的经济往来频繁，德意志商人在威尼斯设了自己的商馆。他们会用马车装着本国的特产钢铁制品翻过阿尔卑斯山而来。卖出钢铁制品后，用到手的钱购买威尼斯商人带回来的东方物产以及威尼斯制造的工业制品。佛罗伦萨人也会运来丝毛织物等货品。海运国家威尼斯通过向海外出售本国制品和来自外国的商品而欣欣向荣。

秋冬季节的威尼斯，热闹喧嚣的地方不是只有商人云集的里亚尔托桥周边。航海的船只需要维修，正好利用这个时候把船送进造船厂做保养。于是，全威尼斯的造船厂里，工具碰撞声终日不绝于耳。

随着以指南针为首的航海技术的发展，冬季航海已成为可能。尽管如此，春季出港、秋季回归的习惯并没有太大改变。一方面，冬季的大海变幻无常，地中海也是如此。还有一个更重要的原因是，船员都希望在这个季节回家。

威尼斯的春季始于停靠在码头的船前排起的长长的船员队伍。在威尼斯，惯常的做法是船员自由选择心仪的船长，而不是船长选择船员。这个时候，船长会带着书记员站在自己的船前等待船员报名，希望跟随这位船长出海的船员去那里登记。如果一个船长很有威望，而且他还选了一条很好的航路，那么，这位船长的前面就会出现长长的队伍。看到这个情形，威尼斯人就知道春天来了。

再过些时候，停靠在码头或河岸边的船满载着销往海外的商品纷纷离港，有的独自出海，有的组队出海。曾经像沙丁鱼罐头一样密密麻麻停着船的码头，像梳子有了缺口一样的时候，时间已进入仲春。当来自德意志的商人北上翻越阿尔卑斯山而去，各种语言混杂的里亚尔托桥周边只能听到慢吞吞的威尼斯方言时，意味着夏天即将来临。

在威尼斯，夏季是一个比较安静的季节。一方面是因为外国人的数量锐减，另一方面是因为不少威尼斯人会离开威尼斯去内陆地区避暑。威尼斯虽然只是海湾中的城市，但是终究建在海上，湿度很高。在湿热的夏天，只要有可能，人们都希望能躲出去。此时，工作也少。贵族们会去土地资源丰富的内陆地区建造豪华别墅兼营农庄。连号称不怕热的马可有时也会去维罗纳别院度夏。

马可觉得罗马的季节交替虽然不是威尼斯那样的方式，但是，教会的活动起到了相同的作用。

马可对基督教的信仰并不强烈，他不会逢节就去教堂，所以，他或许并没有注意到。事实上，基督教的节日之多也会让笃信这一信仰的人感受到季节的变化。

复活节在春季，圣母马利亚升天节在盛夏，缅怀所有圣人的万圣节意味着秋季即将过去，圣诞节则是冬季很重要的一个节日。住在城里的罗马人在教皇和主教们主持的弥撒中，一定会意识到季节的变化吧。马可觉得自己似乎知道了同处在 16 世纪的威尼斯和罗马之间的不同。

时间已经过去一年。马可在罗马的生活也有了一些变化。

首先，他几乎每天都会和恩佐老人见面。除了去古代遗址或者去看从遗址挖掘出来的艺术品外，还有很多事情要在家里完成。老人是一位制图高手。长期挖掘遗址的经验给了老人这项技能。只要一个位置的信息正确，他就可以画出遗址的全貌。看到恩佐老人画的图，马可觉得自己好像变成了一只在古代城市上空自由飞翔的鸟儿。

马可租住的面向台伯河的房子的起居室和餐厅兼做了研究古代的工作室。

桌上摆着未完成的图纸，已完成的图纸卷成筒状放在房间的角落里。镶嵌在墙上的架子原本只是用来做装饰的，现在放满了与古代相关的书籍，它们是马可花了6个月的时间辛苦收集来的。这些书中，有一半是特意请人从威尼斯寄过来的，那里的出版业号称欧洲第一。窗台上放着游览遗址时收集的大理石碎片。因为恩佐老人说，这些东西够不上古代文物的资格，不需要上报，可以拿回家。即便如此，拿着这些碎片，依然可以感受到历史的温度。

因为经常去法尔内塞红衣主教家，那里的仆人，甚至连法尔内塞宫的门卫，都认识马可。他一来，不问缘由就会开门请他进去。

也许是红衣主教的悉心安排，他组织聚会时，只要马可在场，两次中必有一次米开朗琪罗也在。遗憾的是，通过架桥连接台伯河两岸使之成为法尔内塞专属区域的伟大计划被搁置了。原因好像是基吉不同意出售位于台伯河对岸的宅邸。不过，未满二十岁的红衣主教和已逾六十岁的巨匠之间还有一个雄心勃勃的计划正在进行之中。马可对这个计划尤其感兴趣，因为这个计划的目标是实现现代和古代共存。仅在一旁听两人的交谈，马可就会兴奋不已。他甚至数着指头在等待一个月后将要变成现实的那一天。

马可和奥琳皮娅之间的关系从表面上看没有任何变化。女人傍晚时分来到男人的家，第二天上午关上房门回去。这样的日子虽然偶有中断，依然在延续着。

只是两人的内心起了一些变化。从奥斯提亚回来后，马可对女人说了自己的想法。他说想在罗马郊外或者在罗马城墙内，远离市中心的南边买一套房子，后半生就在那里研究古代。他说他不再回威尼斯，也不会在别的国家从事与国家政治相关的工作，他只想做一个普通公民。他还说这样一来，和奥琳皮娅结婚就没有障碍了，他想娶她为妻。

女人的反应与在佛罗伦萨时，听到马可想送她昂贵的宝石的时候不同。那个时候，女人的脸上充满了喜悦，甚至高兴地流下了眼泪。而这次，她没有流泪。

罗马的高级妓女只是睁大了眼睛盯着面前男人的脸，声音有些沙哑地说:"请您再说一遍。"

马可忍不住笑了,又把刚才说过的话一个字一个字地重复了一遍。

于是,女人大大的眼睛红了,刚刚溢满眼睛的泪水瞬间变成一条直线顺着脸颊流了下来。

"谢谢,亲爱的,谢谢。就算结不成婚,听到您这话,我已心满意足。"

"奥琳皮娅,我不是一个会随便承诺什么的人,我是经过深思熟虑的。当初被开除公职的时候,我只是没有想到还可以过现在这样的生活。"

"送去修道院的,埃尔维斯·古利提和莉维亚的私生女你打算怎么安排?"

"那个孩子已到了可以嫁人的年龄。她是我好友的女儿,我可不忍心让她一辈子待在修道院。

"她很可爱,很活泼,会有男人愿意娶她的。只要我替她死去的父母按贵族的要求,拿出足够的陪嫁就可以。

"最初我想过把她从修道院接出来后和我结婚,让她有丹多洛的姓氏。我以为这是报答埃尔维斯和莉维亚的最好方法。但是,威尼斯的名门望族不是只有丹多洛家族。而且奥琳皮娅,那个可爱的孩子和我之间年龄相差太大。虽然老夫少妻在威尼斯贵族中并不少见,但是认识你以后,对于那样的婚姻,我已经不能接受了。我替那个孩子找一个与她年龄相仿的贵族吧。我觉得埃尔维斯和莉维亚会更愿意看到那种情况。"

不知几时，奥琳皮娅来到马可身边，伸出双手轻轻握住了马可的手，说："我会辞去工作。不过，如果辞得太突然会引起别人的猜疑，甚至可能让您的姓氏蒙羞。所以，我想慢慢减少和客人之间的约会。您同意吗？"

马可轻轻吻了吻女人的手点了点头。奥琳皮娅是个聪明的女人，马可相信她会把辞去工作这件事情处理好，同时为婚后寻找住处的事也交给了她。马可可以一如既往地与法尔内塞红衣主教、米开朗琪罗来往，和恩佐老人一起继续探寻历史，只需等待奥琳皮娅一切准备妥当的那一天到来。

时间一天天地过去了。让马可心神不宁的盯梢事件似乎也过去了。马可想过可能是自己的心理作用，但是，仆从也说跟踪他们的人好像不见了。因此，这件事情算是过去了。只是这一两个月，能够影响马可内心世界活动的，除了法尔内塞红衣主教和米开朗琪罗外，又多了一个人。此人名叫加斯帕罗·孔塔里尼。

与米开朗琪罗和法尔内塞红衣主教不同，他们两人是奥琳皮娅介绍认识的。而孔塔里尼没有通过任何人介绍，是马可自己找去的。

还在威尼斯的时候，马可就知道加斯帕罗·孔塔里尼到了罗马。教皇保罗三世任命他为红衣主教,而且是新设的特别委员会的核心成员。这个委员会的职责是制定天主教改革的方案。因此,其他红衣主教可以留在自己的国家,而孔塔里尼红衣主教必须在罗马,也就是教廷所在地。

孔塔里尼比马可年长十五岁。他想见这位红衣主教不是因为他是深得现任教皇信任的高层神职人员。马可作为威尼斯贵族,从参与国政开始,加斯帕罗·孔塔里尼就是他最尊敬、最仰慕的人。

在威尼斯共和国,只要没有触犯过刑事案件,贵族一到二十岁就会自动进入共和国国会,成为议员之一。当然,要担任重要岗位通常是在三十岁以后,但是,二十岁以后就有了投票权。在威尼斯,每周日都要举行国会会议。而威尼斯贵族在三十岁前就要参加这个会议。他们要用自己的眼睛去看国家的政治,用自己的大脑去思考国家的政治。

贵族家庭中的男子的成长过程自然而然地分成两类:一类从政,一类从商。从政的贵族要脱颖而出,成为由200人组成的元老院元老之一,只需顺其自然即可。元老掌握着实际的权力,他们从2000名国会议员中选举产生。一个家族可以有若干国会议员,但是,元老只能有一人。威尼斯人不接受像佛罗伦萨美第奇家族那样一个家族独霸权力的情形。因此,规定一个家族只能有一人可以进入元老院。而马可作为元老之一,就代表了丹多洛家族。

没有进入元老院的男人做什么呢?他们可以占据着国会的议席从事经济活动。如果说政治是头脑,那么经济就是输送血液的心脏。与专心从政的人相比,在威尼斯,一门心思做买卖的男人绝对不会低从政的男人一等。

这些人不仅要保障国家的财政收入,维持国家的"体力",同时还要保障家族中专心从政的那个人的经济基础。在威尼斯共和国,按照惯例,只有普通公务人员有薪酬。从总督到大使、军队司令,除了必要的经费,都是无偿的。现在的马可之所以拥有如此洒脱的生活,也是因为丹多洛家族的其他男人在为马可创造财富。

话虽如此,专心于政治的男人和负责经济活动的男人之间并没有一条清晰的界线。以政治为职业的这部分男人并非只能待在威尼斯,他们中有人会以大使的身份常驻外国,有人则会出任陆军或海军将领等。必要的时候,他们需要去前线作战。这些也是从政男子的职责。而从事经济活动的人也不会因为从商而可以远离这些事情。一旦发生海战,航行在战场附近的商船自然而然会编入舰队。和谈时,需要既熟悉对方的国情又懂得对方国家语言的人时,共和国政府甚至会任命长期驻留在那个国家的商人担任特命全权大使。

在耕地稀少、天然资源匮乏的威尼斯,人就是高于一切的资源。

威尼斯以这样的方法防止社会发展僵化的情况出现。因为它很好地兼顾了精神和物质两个方面，就不会因缺少竞争而随波逐流，而变得傲慢自大，也不会因阶级的不同而引发社会动荡。马可从来不认为自己与丹多洛家族中的其他男子有任何不同。

但是，追求利润的人和选择其他工作的人之间，多少还是有区别的。威尼斯贵族不同于其他国家的贵族。威尼斯贵族不是因为有领地而成为贵族的，也不是因为皇帝或国王赐封而成为贵族的。他们是从共同体中被选举出来的。他们集体决定国家的未来。他们的子孙继承了他们的地位，也继承了他们的这种做法。经济领域向所有人开放，而政治则是贵族的特权。马可认为正是他自己，需要担负起继承丹多洛家族传统的职责。

因为父亲早亡，马可二十岁便获得了共和国国会议员席位，所有人都认为马可的人生就是代表丹多洛家族从政。丹多洛家族的男子都认为马可年轻时候就表现出了冷静、稳重，与其从商不如从政。这一选择让二十岁的马可成为年轻的议员，成为比其他同辈更充满热情的年轻议员。

当时威尼斯有两个人，人们称他们为"威尼斯灵魂人物"。这两个人不仅在威尼斯，在法国、西班牙、德意志、罗马教廷，甚至在土耳其都广为人知。

一个是马可从小一起长大的好朋友埃尔维斯的父亲、如今的共和国总督安德烈·古利提,另一个就是加斯帕罗·孔塔里尼。

威尼斯共和国的议政会场没有讲坛。开会时,无论是对法案做说明,还是针对法案提出问题,又或者关于法案发表意见,议员都需要站在会场中央。每次古利提和加斯帕罗·孔塔里尼发言时,年轻的马可总是从宽阔的会场一角盯着他们,专心聆听。

这两人在讲话时,给人的感觉截然不同。

安德烈·古利提一站到会场中央,就自带一股气势,非常威严。在当选总督前也是如此。这不只是因为他仪表堂堂,还有他锐利的眼光好像能看透他人的内心。他说话声不高,却很有穿透力,可以传到会场的每个角落。他语言逻辑严谨,驳斥反对者毫不留情。虽然树敌很多,但是敌人也会不由自主地侧耳倾听他的辩论。这就是安德烈·古利提。

加斯帕罗·孔塔里尼,与很多威尼斯贵族一样,个子很高。马可第一次参加议会的时候,孔塔里尼三十五岁左右,比古利提小很多。马可想到他们两人像几乎所有威尼斯男人一样蓄着络腮胡子,只是古利提的胡子雪白而孔塔里尼的胡子漆黑,感觉好像昨天刚见过。

孔塔里尼个子很高,但是,和魁梧的古利提相比,显得有些瘦弱。他讲话时，身体几乎是不动的。他的眼神很温和，声音很洪亮，不会给人压迫感。他不会驳斥对方，而以说服对手见长。在逻辑严谨方面，古利提和孔塔里尼不相上下。只是古利提很威严，受人尊敬。加斯帕罗·孔塔里尼受人尊敬则是因为他的平静，而不是威严。他的平静让人觉得在他周围几米之内，看不到一粒尘埃。

两人的政治观念一致。两人都认为时代已经变了，如果只考虑威尼斯一国的利益已经难以保证威尼斯共和国的存续。对此，马可也深以为然，或许是受这二人的影响吧。

安德烈·古利提的升迁速度非常快，而加斯帕罗·孔塔里尼的升迁速度也不慢。两人都无愧于"威尼斯灵魂人物"的称号。

加斯帕罗·孔塔里尼于1483年出生，他的家族是威尼斯最有历史渊源的家族之一。该家族和丹多洛家族不相上下。三十五岁之前，孔塔里尼和其他贵族子弟一样历任各种并不重要的职位，积累了丰富的经验。他三十七岁那年，作为特使被派往罗马，与刚即位的神圣罗马帝国皇帝查理五世谈判，可见此时其能力已经得到了充分的肯定。在与这位欧洲最强君主进行的外交谈判中，年纪尚轻的孔塔里尼表现出色，成功达成目的后返回国内。

威尼斯共和国政府决定善用这个人才。之后的十余年里，孔塔里尼的政治生涯可谓灿烂辉煌。

孔塔里尼的履历中包含了六人委员会委员、十人委员会委员长、副总督、常驻罗马大使、法国特派大使。只要通晓威尼斯共和国政府的信息，在听到这些履历后就知道孔塔里尼一直位居威尼斯共和国最高决策机构。

威尼斯是共和制国家。在共和制下，任何决议都由议员讨论并投票决定，因此，决定一个议题需要很长时间。这种方式在面对突发事件时，会显现出效率低下的缺点。威尼斯是个贸易国家，只有和其他国家保持好关系才能立足。对于威尼斯来说，统治能力的高低甚至会影响到国家的存亡。曾经的热那亚共和国因为决策失误成为法国、继而沦为西班牙统治下的属地。佛罗伦萨第二共和国也在八年前垮台。

只有威尼斯共和国用自己的方式解决了这个问题。那就是保持由 2000 人组成的共和国国会和由 200 人组成的元老院这一共和制政体不变。在遇到突发情况需要当机立断时，由少数人拍板决定。这里说的少数人是指总督、6 名副总督、六人委员会的 6 名委员和十人委员会的 3 名负责人，共计 16 人。外交事务需要当机立断的情况比较多，这时会增加十人委员会的所有委员和有过大使经历的十来个有识之士。不足 40 个人，他们构成了担负起威尼斯共和国危机管理的体系。这个体系在历史上叫"寡头政治"。

同时代的马基雅维利在《政略论》中这样写道：

"作为共和制国家,威尼斯共和国是强大的。在这个国家,每逢紧急情况,不会交由共和国国会或元老院进行常规讨论,而是由少数有权的委员进行讨论并决定相关政策。一个共和制国家,如果意识不到这种制度的必要性,死守从前的政治体制,就会灭亡。想要避免国家灭亡,必须打破政体这堵墙。"

总督安德烈·古利提和加斯帕罗·孔塔里尼对法律做了灵活的解释,从而在保护这个国家已有的政体同时,也维持了其强劲的统治力。古利提和孔塔里尼都是这个体系的核心人物,而曾经潜入土耳其首都君士坦丁堡的十人委员会成员马可则是这个体系的忠实执行者之一。

如果按这个势头继续下去,几乎可以确定,继古利提之后,当选总督的必定是孔塔里尼。然而令人意想不到的是,孔塔里尼的政治生涯戛然而止,原因是他被教廷要走了。

教皇保罗三世虽然热衷于邀请所有艺术家改造罗马,但是,路德在德意志掀起了反罗马教会的运动,出现了星火燎原之势;英王亨利八世离婚成了其脱离罗马天主教会的导火索;加尔文逃亡瑞士,否认罗马教皇的权威。保罗三世遇上了这样一个动荡的时代,他比任何人都担心天主教面临的危机。他认为要解决这些问题,仅靠皇帝、国王以及各国君主的秘书官和已有的红衣主教团远远不够。在已有的红衣主教团中，很大一部分人是皇帝、国王等的后辈或属下，是因亲缘关系而当上红衣主教的。

正是因为加斯帕罗·孔塔里尼在与皇帝谈判中的出色表现以及未婚的身份，他成了保罗三世的红人。虽然孔塔里尼完全没有做神职的经历，但显然这不是问题。1535年，保罗三世破格提升时年五十二岁的加斯帕罗·孔塔里尼为红衣主教，跳过了教廷内的所有中间级别。

威尼斯政府深感意外却毫无办法。孔塔里尼本人也因为人生的突然转变而惊讶不已。政府和他本人都无法拒绝教皇的任命。

如果威尼斯政府是法国国王的宫廷，如果加斯帕罗·孔塔里尼是路易十二的宰相唐波士红衣主教或是路易十三时代的黎塞留，那么他在任职于罗马教廷红衣主教的同时，还可以任职于自己祖国的政府。然而，威尼斯严格实施政教分离。如果一个家族中有人被教皇选中，那么这个家族的男人可以在元老院拥有席位，但是，只要教皇尚在，就不能参选担任政府的重要职位。

加斯帕罗·孔塔里尼当上红衣主教，意味着他在威尼斯政府中的政治生涯终结了。对此，威尼斯人只能叹息一句"我们国家损失重大"。

马可刚到罗马时，就想要去找加斯帕罗·孔塔里尼，却一直没有付诸行动。每次想写信询问孔塔里尼可否前去拜访时，总是犹豫不决。就在决定定居罗马、后半生潜心研究古代历史后的第三天，马可终于下定决心给孔塔里尼红衣主教送了信。

红衣主教加斯帕罗·孔塔里尼

红衣主教加斯帕罗·孔塔里尼面带安静而温和的笑容接待了来访的马可。马可已经很久没见他了，却丝毫没有久违的感觉，这可能是因为孔塔里尼这天晚上没有穿绯红色红衣主教服，而是穿了一件黑色的普通僧侣服，很像常见的威尼斯贵族的便服。红衣主教说白天公务繁忙，晚上可以畅聊。

来罗马以前，孔塔里尼是威尼斯共和国情报机构十人委员会的委员长，马可是该委员会的成员。两人是上下级关系。加斯帕罗·孔塔里尼被保罗三世任命为红衣主教前往罗马的时候，很多人都感到遗憾，马可也是其中之一。孔塔里尼应该知道马可被开除公职的原因，但是这天晚上，他没有提及此事。

毕竟是在由 40 人构成的威尼斯共和国危机管理的体系中共事了五年多的同事，两人一见面，感觉三年的时光没有给他们带来任何隔阂。马可一直都很尊敬孔塔里尼，而孔塔里尼虽然年龄没有大到可以做马可的父亲，却足以做他年轻的叔叔。他很早就注意到马可了。

"既然你在罗马，就应该早点来找我。"

五十五岁上下的孔塔里尼亲切地批评曾经的部下，完全没红衣主教的架势。而马可因为孔塔里尼是高层神职人员，所以按照礼仪，他单膝下跪，吻了一下红衣主教右手闪闪发亮的指环，用微笑回应了孔塔里尼的责备。他不能说自己是担心孔塔里尼误解自己为复职而来，也不愿意对孔塔里尼说谎。他只说了这样一句话。

"我打算在罗马定居了。"

听到这句话，孔塔里尼红衣主教只是"哦"了一声。接着，两人聊了起来，话题自然而然地转到了红衣主教为之忙碌的"白天的事情"上。马可说，大家都认为孔塔里尼被任命为红衣主教是威尼斯的一大损失，自己也深有同感。

"哪里哪里。"

红衣主教静静地反驳道："其实我现在所做的一切，如果顺利，我相信对威尼斯共和国也是有好处的。"

马可问是不是公会议筹备委员会的事。孔塔里尼作为该筹备委员会的负责人，要主持召开公会议，改革天主教会。红衣主教点点头说：

"是的。我认为新教的想法有一定的道理。即使没有阿尔卑斯山北面的那些国家提出抗议，罗马教会需要改革的地方也很多。只是现在，问题变得越来越复杂了。路德被逐出教会是1520年的事情，至今已过去20多年。其间，天主教越来越僵化，以至于在1527年，罗马被攻陷，发生了'罗马之劫'事件。我想寻找一条天主教和新教之间能达成和解并和平共处的路。我很担心，一旦改革失败，或许分裂将不可避免。"

马可坦诚了自己的看法。

"猊下，"猊下是对红衣主教的尊称。虽然加斯帕罗·孔塔里尼曾经是上司，但现在他是一位高层神职人员。因此，马可很自然地用了这样的称呼。他说："猊下，我对教会的事情了解不多，没有资格妄加评论。只是我认为，如果单纯从宗教的层面去讨论天主教和新教的话，双方并不存在分裂的必然性。"

孔塔里尼不由自主地微笑起来。在基督教的问题上，他和马可意见一致。孔塔里尼之所以被任命为红衣主教，是因为教皇保罗三世需要优秀的人才来解决新教的问题。还有一个原因，据说孔塔里尼担任威尼斯共和国大使时，和神圣罗马帝国皇帝兼西班牙国王查理五世成了好友。再有，虽然加斯帕罗·孔塔里尼从未有过担任神职的经历，但对教皇来说，其未婚的身份已足够。

"如果筹备委员会中的红衣主教们都像你这样想问题就简单了。"孔塔里尼微笑着说，"可惜有你这种想法的人，加上最年轻的法尔内塞红衣主教,也不过几人。所以我很难办。我想,或许新教,也就是宗教改革派,还没有意识到,他们表面上说的是宗教上的问题,实际上早已成为政治问题。这是一个很棘手的问题。现在,路德正在抗议。"

"英国发生的也是同类问题吧?"

"亨利八世统治下的英国更加显而易见。因为离婚事件,教会要求他在国家和宗教中做出选择。结果,因为反对亨利八世离婚,主教费希尔和深得其信任的托马斯·莫尔两人在三年前遭到杀害。1536年,又想跟别的女人结婚的亨利八世将王后安妮·波林送上了断头台。教皇把亨利八世驱逐出教。然而,这位国王对此却毫不在乎。只要他背后还有英国,这位国王大概不会示弱的。

"就这样,罗马教廷和英国因宗教问题走向决裂。过去,国王离婚也好,再婚也罢,都处理得很好,从未导致与罗马教廷决裂。现在出现这样的结果,问题应该不在宗教层面,而是由民族自决引起的。"

马可不知道应该说些什么。他忽然意识到自己被开除公职的这三年时间,让他曾经拥有的洞察力变得迟钝了许多。孔塔里尼红衣主教看到曾经的部下陷入沉默,大概是心生同情,用年长者的宽容态度接着说:

"欧洲的历史是统一和分离的历史。在古罗马时代,欧洲是一个整体。而在罗马灭亡后,这个整体就像玻璃球碎裂一样分崩离析。然而没过多久,以罗马为中心的基督教在精神上重建起了统一的局面。现在,这个统一的局面又开始出现分离。只是这一次没有分崩离析,所以,我认为分离的状态会长期存在。

"所谓宗教改革,说到底是北欧民族脱离罗马教廷统治的运动。最近,与此相对的反宗教改革运动也开始抬头了。这一运动虽然发生于西班牙,却也是为了摆脱罗马教廷的统治。一旦宗教改革一方采取过激的行为,与此相对的反宗教改革方势必也会变得过激。行为过激,意味着不接受他人的存在理由。过激的宿命就是对外和对内都很极端。过激的行为无疑会对异教徒和异端分子更加不宽容,社会可能会因此变得血腥、暴力。世界正处在动荡变化时期,而我们正好活在这样的时期。"

马可声音低沉地问:"我们的国家威尼斯会怎么样呢?"

"迄今为止,威尼斯一直都很平稳。但是,如果因此而放松警惕,后果将不堪设想。现在全意大利范围内,不受查理五世统治的只有威尼斯和罗马教廷。这就是威尼斯成功的最好证明。只是以后可能不会那么平稳了。

"可能你会觉得这是一个反论,当一个权威可以掌控整体的时候,内部分工非常明确。大家各司其职,不同问题分别解决。对威尼斯来说,只需要把宗教和经济分开来处理即可。我们威尼斯人之所以能有所作为,就是因为我们处于这样的情形之下。

"然而，权威一旦丧失，所有问题就会相互纠缠，难以分别解决了。

"教廷现在面临的重大问题主要有四个。第一，无论是宗教改革还是反宗教改革，都意在摆脱罗马教廷的统治；第二，西班牙还在图谋扩大势力范围，在这种情形下，处于守势的意大利面临的现状问题；第三，法国国王和西班牙国王都想争霸欧洲；第四，土耳其问题。

"这些问题盘根错节，很难把其中一个拿出来单独解决。对威尼斯来说，虽然重要度的顺序不同，却也存在相同的问题，都无法单独把问题一个个拿出来分别予以解决。只能说时代变了。"

"什么时候开始变的呢？"

"我想应该是从君士坦丁堡沦陷的1453年开始的吧。对于时代的变迁，人类总是后知后觉的。"

"威尼斯共和国也会走向和热那亚、佛罗伦萨一样的命运吗？"

"威尼斯是一个资源匮乏的国家，做不到自给自足。虽然经济和宗教是不同的两件事，但是，无视教皇的禁令，堂而皇之地和异教徒开展贸易活动将会变得困难。同时，威尼斯不能不重视与欧洲各国之间的关系。宗教、经济、政治、外交、军事都很重要。它们就像棋盘上的棋子，缺一不可，也不能下错一步。

"热那亚缺少政治,佛罗伦萨没有军事。因此,热那亚归入西班牙国王的统治之下,佛罗伦萨也要看西班牙国王卡洛斯一世(查理五世)的脸色。"

马可深深叹了口气说:"没想到宗教这么重要。"

曾经的政治家、如今的红衣主教微笑着回答:

"我之所以说要重视宗教,并不是因为我现在是红衣主教。事实上,威尼斯以后会越来越离不开欧洲。军事和宗教会越来越重要,认清这一点是为了避免给欧洲其他国家击垮威尼斯的机会。表面看,宗教和军事是完全相反的两个方面,实际上缺一不可。这大概也是进入分裂时代的欧洲的一个特征吧。"

"猊下有这样的想法不担心在教廷被孤立吗?"

马可说完就后悔了。但是孔塔里尼红衣主教好像并没有感到不快。当然,他也没有直接回答马可的问题。

"为了对付新教,天主教开始失去好的东西。作为基督徒,我对此深感悲哀。至少我不希望威尼斯的空气变得压抑,变得让人喘不过气来。"

这天晚上见过加斯帕罗·孔塔里尼后,曾经的上司和下属经常相约一起度过安静的几个小时,几乎一个月一次。第一次见面是马可提出的,后来几乎都是红衣主教邀请马可。

每次接到孔塔里尼的邀请，马可都会放下手头的一切，立刻赶往威尼斯宫。

在宏伟建筑众多的罗马，罗马人称作威尼斯宫的这个建筑尤其引人注目。1527年，卡洛斯一世统治下的军队攻陷罗马。因为这次"罗马之劫"，多达八成的罗马宫殿遭到了毁灭性的破坏。后来，重建这些宫殿时，把它们建成了巴洛克建筑的样式。威尼斯宫在这次事件中幸免于难，因此，保留了建设当初的浓厚的文艺复兴样式。

威尼斯宫的建造历史要追溯到15世纪中叶。它是威尼斯贵族、后来成为教皇的保罗二世按当时的最新样式建造的。这位教皇去世后，该宫殿就成了来自威尼斯的红衣主教以及常驻罗马的威尼斯大使的官邸。之所以叫威尼斯宫，是因为它还有一层意思，即威尼斯共和国常驻罗马的公馆。该建筑前面有一个雄伟的广场，叫威尼斯广场。

威尼斯宫距离红衣主教们的居住处和法尔内塞宫所在的区域不算近，离古罗马圣域卡比托利欧、政治中心古罗马广场以及对面可以远望的圆形竞技场所在的16世纪的市中心也有些距离。

建筑外观与华丽的法尔内塞宫相比，显得非常低调，几乎看不到装饰。但是，威尼斯宫处处透着美；即使每层去掉一个窗户，依然会让你觉得很美。

红衣主教加斯帕罗·孔塔里尼

建筑由大长方形和小长方形构成，大长方形部分为红衣主教所用，小长方形部分为大使所用。孔塔里尼红衣主教之所以住大长方形部分，并非因为他是神职人员，而是因为宫殿中的大长方形里面有一个教堂，与祖国的教堂一样叫圣马可教堂。正因为这样的建筑结构，马可每次拜访孔塔里尼红衣主教时，出入威尼斯宫都不会遇到大使馆的人。而孔塔里尼也没有想过把马可介绍给大使。

威尼斯共和国是欧洲国家中最早向其他国家派驻外交官的国家。在威尼斯，大使的规格很高，大使的经历也很重要，这是当选总督的必要条件。因此，威尼斯贵族都希望有机会在主要国家地区出任大使，比如土耳其、西班牙、法国、神圣罗马帝国皇帝宫廷以及罗马教廷。罗马之所以重要，是因为罗马教皇作为基督教世界的代言人，与欧洲各国的政治关系密切。同时，在各地任职的神职人员送来的报告也使罗马成为情报的一大集散地。孔塔里尼被任命为红衣主教前，担任过常驻罗马的大使。

随着出入威尼斯宫的次数增多，马可似乎找回了在十人委员会任职时期的感觉。

加斯帕罗·孔塔里尼不是一个初次见面就会敞开心扉的人。他的身上没有普通百姓的痕迹，只有高贵的贵族气质，当然，也没有让人敬而远之的傲慢。在罗马教廷内，他甚至被认为是"低调稳重之人"。他进入神职领域以后，完全没有改变在世俗世界时的做派。

虽然一个月只见孔塔里尼一次，马可却感觉好像每天都在见面。因为红衣主教静静地说出来的话走进了他的心里，引发了他的思考。即使听不到红衣主教的说话声，也像他在自己耳边说话一样。

红衣主教不是一个侃侃而谈的男人。他说话很慢，会字斟句酌；就好像每说一句话，都要让听者明白前后的联系。

有一件事马可很担心。那就是孔塔里尼红衣主教的食量太小。和马可一起用餐时，这位五十五岁上下的红衣主教吃得非常少，甚至让已过不惑之年的马可为自己的食量之大感到羞愧。孔塔里尼不像生病的样子，所以他想，或许是因为工作压力太大。而这也是每次红衣主教请他时，他都会放下手头的一切赶去的原因。

当然，马可愿意随时去威尼斯宫，而且很高兴去威尼斯宫，更重要的原因大概是在那里可以和同乡人见面，可以坦诚交换看法吧。马可心中正在失去的威尼斯贵族的灵魂复苏了。

孔塔里尼每次都会叫一个僧侣拿着提灯把晚归的马可送回家。他说罗马和威尼斯不同，威尼斯的夜晚总是灯火通明，而罗马的晚上很少有路灯。

像法尔内塞宫、威尼斯宫这样的大宫殿，建筑四角都有铁制的灯笼，里面有长明灯，晚上会点起来。门前还有值夜班的门卫。加上照亮圣像的蜡烛透出惨淡光晕的灯光，除此之外，罗马的晚上是一个完全黑暗的世界。

威尼斯则完全不同。路的尽头、桥的两侧一定有照明灯亮着。不是因为威尼斯人重视信仰，而是因为晚上没有照明灯，行人掉进运河的惨剧会不断上演。在罗马没有这种担心，因此路灯也很少。若不想迷路，通常都会拿着提灯外出。

这天晚上，在手拿提灯走在前面的僧侣的陪同下，马可走在了回家的路上。月亮懒洋洋地挂在初夏的夜空，已经到该脱下长斗篷的季节了。

离开大路向左拐，来到法尔内塞宫前。沿着法尔内塞宫一侧再走一会儿就到家了。这时，马可突然很想见奥琳皮娅。从这里去女人的家，向右拐即可。虽然时间有点晚，但是，奥琳皮娅应该会很高兴见到自己吧。

然而，对着默默前行的僧侣，马可终究没有说出口。这个僧侣听从他的主人红衣主教的命令，是要把马可送回家的，马可不能在这里把他赶回去。再加上这个僧侣经常送他回家，今晚让他送自己去别人家也不合适，因为他是神职人员。奥琳皮娅可以明天见。马可放弃了这个念头，跟着僧侣向左拐去。

这几个月来，奥琳皮娅一直在思考怎么向皮耶尔·路易吉坦承。好在皮耶尔·路易吉大多时候不在罗马，很少来看奥琳皮娅。因此，这件事自然而然地拖到了现在。只是，这件事早晚都是要说开的。奥琳皮娅虽然想过悄悄离开，但是她知道，皮耶尔·路易吉会想尽办法，甚至不惜动用所有力量把她找到。

她也想过找一些借口提出分手，如出国定居，去农村定居等。但是，奥琳皮娅很清楚皮耶尔·路易吉是怎样傲慢的一个人。一旦知道自己欺骗了他，他一定会用常人想象不到的残忍手段进行报复。而且，毕竟是一起度过了二十年的男人，又是儿子的父亲，奥琳皮娅不想骗他。

她决定如实告诉他。他会有怎样的反应，已不是自己所能控制的范围了。

"亲爱的，我有话跟你说。"

奥琳皮娅理了理深红色天鹅绒衣服镶有银线的领子，开口道。她颜色柔和的金发编了几条辫子，用珍珠串盘在头上。这是当下流行的发式。她右手戴着金上镶嵌了蓝宝石的手链。这是皮耶尔·路易吉因为忙，不能经常来见奥琳皮娅，为表示歉意而送给她的。

男人似乎很享受这一刻的无所事事。他举着倒满餐后酒的威尼斯酒杯，对着灯光，看着杯子上纤细的图形，随口问道："什么事？"这一刻，奥琳皮娅突然觉得胸口一阵剧痛，好似被刀具或其他什么东西刺中了一样。但是，如果此时不说，或许永远也说不出口了。那太恐怖了。女人下定决心，毅然决然地开口道：

"亲爱的，我们分手吧。我要结婚了。"

"跟谁？"

威尼斯酒杯不知几时放到了桌上。男人看着奥琳皮娅的眼睛，瓮声瓮气地又问了一遍：

"跟谁？"

"马可·丹多洛。"

男人放心了，连声音都变得轻松而温柔。

"是他呀。如果是那个男人说要跟你结婚的话，他一定是骗你的。丹多洛家族的家主是不能跟高级妓女结婚的。"

"他说要把家主的身份让给家族中的其他人，还说要在罗马定居，研究古代，这样和我结婚就没有障碍了。"

皮耶尔·路易吉低着头，沉默了。奥琳皮娅起身走过去，在男人身边跪下，一手拉过他的手，一手放在这只手的上面。仰起头看着男人，声音很小却很清晰。她说："我至死也不会忘记你的。只是，这件事情我求你，你就依了我吧。"

皮耶尔·路易吉·法尔内塞久久没有开口。女人知道男人沉默的原因。奥琳皮娅握着他的手，把自己的脑袋放在男人的膝盖上，静静地等着男人开口。

"你就那么想结婚吗？"

声音好像从嗓子眼里挤出来的一样，不像提问，更像自言自语。

奥琳皮娅不是随便一个人求婚就会答应的。迄今为止，已有好几个男人向她求过婚，其中有意大利银行家，有法国商人，等等。所以，只要她有想结婚的念头，早就离开妓女的世界了。然而，她从来没有跟皮耶尔·路易吉说起过想结婚的话。因为她从来没有怀疑过自己是他的情人。

女人在心里迅速做出了判断。如果告诉皮耶尔·路易吉，和他分手不是单纯为了结婚，而是想跟马可一起生活，那么一定会和他发生正面冲突。他一定会追问她想一起生活的人为什么不是他而是马可。这样一来，事情就会变得难以收拾。而且对于20多年来，一心一意对待自己的男人来说，这样说也太过残忍。奥琳皮娅决定不理会男人的问题，随他怎么想。毕竟皮耶尔·路易吉·法尔内塞与马可·丹多洛相比，唯一缺少的一张牌就是婚姻。

女人的心很痛。她轻轻吻了一下握在手里的男人的手，好似在乞求原谅。

"我想见见丹多洛。"

奥琳皮娅抬起头来："您见他干什么？"

男人抚摸着女人的头发，像自言自语似的说："我想知道他有没有信心让你幸福。"

"可是这样会对你的身份带来伤害。"

"什么身份不身份的,管不了那么多。既然他要从我这里把你抢走,他就应该有相应的决心吧。我就是想问一问他有没有这个决心。"

奥琳皮娅轻轻叹了口气说:"他不知道您和我的关系。"

男人轻声笑了。

"啊,是呀。那个向你求婚的男人,你没有告诉他我们之间的秘密?也就是说,爱你的威尼斯名门贵族丹多洛不知道你背后有一个现任教皇的儿子。"

女人点了点头。

"他知道以后会不会退缩呢?威尼斯共和国现在正受到土耳其的进攻。这样的威尼斯不会允许马可与罗马教廷为敌。威尼斯的丹多洛应该不会做出让现任教皇不高兴的事。"

女人的目光充满了探究,努力想了解男人心里在想些什么。对此,皮耶尔·路易吉微笑着用双手捧起女人的脸,说:"你不用担心,我不会做如此龌龊的事情。我只是想见见丹多洛,我不会逼问他的。只是奥琳皮娅,需要我的时候,你一定要随时回来找我。不管发生什么事,我永远是你的。"

"你的意思是答应我了?"

"我不想答应你,但是我不能不答应。我可以为你做任何事情,只有一件事做不到,就是和你结婚。如果向你求婚的是个骗子,我绝对不会答应。但是威尼斯的丹多洛应该不是骗子。我只希望你能幸福。"

奥琳皮娅情不自禁地抱住了男人。她松了一口气。原以为很棘手的一件事,没想到如此轻易地解决了。与此同时,她的心中更多了一分感激。男人没有松开女人搂着自己脖子的胳臂,在女人的耳边轻声地说:"今晚我不回去了。"

奥琳皮娅也希望他留下来。对于这个想法,她自己也觉得很不可思议。两人好像20年来从未变过一样相拥着进了女人的卧室。过了一会儿,那个寡言的大个子男仆走进起居室,熄灭了一个个蜡烛。

此时正是马可想去奥琳皮娅家却没敢告诉送他回家的僧侣,也因此没有向右拐而是向左拐去的同一时刻。

皇帝马可·奥勒留

为了这一天，马可已经等了一个多月的时间。从年轻的红衣主教亚历山德罗·法尔内塞在法尔内塞宫给他看米开朗琪罗绘制的图的那一天开始，他就在等待了。那是开发卡比托利欧的方案。卡比托利欧是罗马七个山丘之一，而那个方案充满了勃勃雄心。

卡比托利欧在罗马七个山丘中被赋予了很特殊的地位。在七个山丘中，它面积最小，高度最高。正因为如此，罗马成为世界之都后，卡比托利欧一直都是罗马的门面。因为这里是宗教中心。凯旋的将军按惯例带领队伍在全城游行的最后一环就是登上卡比托利欧，在位于此山的朱庇特神殿向这位罗马守护神报告胜利的消息。

在公元前 4 世纪末，罗马遭遇凯尔特人入侵时，这座山是唯一没有落入敌人之手的地方。这里三面悬崖峭壁，罗马人把它建成了要塞。

古罗马帝国灭亡后，只有卡比托利欧山上没有遭到基督徒的破坏。古代神殿、公文书馆等成了罗马市政厅。只是周围都成了废墟，供奉圣母马利亚的小教堂也非常简陋。

米开朗琪罗想给卡比托利欧山赋予崭新的面貌。当然不是在罗马史上最有名的这座山上发掘古代的东西，也不用新的样式来重建此地。

红衣主教给马可看那张出自米开朗琪罗之手的图时，年轻人的兴奋之情溢于言表。他说：

"这是复兴卡比托利欧的方案，用的是16世纪当下的意大利人的灵感。"

看着眼前的图，年轻人兴奋的情绪感染了已是中年的马可。

台伯河西岸，圣彼得大教堂尚在建设之中，距离完工还需要很长时间。一旦完工，必将成为16世纪意大利精神的结晶。

稍稍下游位置的台伯河东岸地区，以法尔内塞宫为中心的城市改建计划也在进行之中。它将成为一个象征，象征因1527年发生的"罗马之劫"而受到伤害的罗马人重新建立起了自信心，有了自豪感。

再往南，就是复兴卡比托利欧——罗马的一个异教圣地。法尔内塞红衣主教毫不掩饰心中的自豪，对马可说：

"这个方案不是要把卡比托利欧变成基督教的圣地。那里还是异教的圣地。只是做这件事的是基督教世界的神的代言人罗马教皇保罗三世。而要证明这件事是我们所做的，只需在皇帝骑马像基座上刻上法尔内塞家族的徽章。"

"皇帝骑马像？"

红衣主教的话完全出乎马可的意料。他大吃一惊，情不自禁地反问了一句。

法尔内塞红衣主教朗声大笑。随后，他小心翼翼地打开桌上的一张图，有些炫耀的样子。

"通往卡比托利欧的登山口在南边。如图所示，我们要把它改到北边。南边是古罗马时代的政治中心，也就是古罗马广场的遗址，我们不能动它。所以，我们要把正门改到北边去。那里曾经是悬崖，现在因为山体倒塌成了一片瓦砾。米开朗琪罗考虑用平缓的大石板台阶把卡比托利欧和山下连起来。石板台阶一直铺到威尼斯宫前面的广场。

"随着时代的变迁，罗马市中心一点点往北移动。通往卡比托利欧的登山口从南边迁到北边是合理的，因为罗马市中心已经移到了比此地更靠北的位置。而且这样一来，曾经背对城市的山就成了面对城市。

"现在的卡比托利欧有中世纪利用古代遗迹改建的简陋市元老院和市政厅。我们要把它们改造成符合卡比托利欧特点的建筑。按照米开朗琪罗的想法，市元老院两侧铺设台阶，台阶下方用从遗址挖掘出来的大理石像作为装饰。而市政厅实在过于破旧，所以决定重建。

"左侧现在是一块空地，打算在这里建一个新的宫殿，叫卡比托利欧美术馆。1471年，教皇西斯都四世创设了世界上最古老的美术馆，届时，该美术馆的展品将成为卡比托利欧美术馆的藏品。有一个好的容器，自然会有好东西盛放进去。不过，收藏古代文物的美术馆是由推翻古代罗马政权的基督教大本营——罗马教廷所建，历史就是这样令人啼笑皆非。"

年轻的红衣主教说到这里，端起放在旁边桌上的酒杯，喝了一口琥珀色的酒。马可静静地等着红衣主教继续说下去。

"三面有建筑物相围，中间是面向台阶的广场，面积不大。米开朗琪罗说，只要设计得当，广场的空间感觉会比实际大。作为这个空间的重头戏，广场中央计划安置一座皇帝骑马像。这样一来，广场的空间将不再是一个单纯的空间，而是创新的空间。"

马可认为在这里安置的皇帝骑马像应该不是现在的神圣罗马帝国皇帝查理五世的骑马像。尽管如此，他还是问了一句是哪个皇帝的骑马像。法尔内塞红衣主教听到马可的疑问，这才想到马可不是罗马人。

"在罗马，说到皇帝，通常指的是古罗马的皇帝。"

"在罗马帝国灭亡千年以后的现在还有古罗马皇帝的骑马像吗?"

"有。虽然只有一座,总算还有。根据记载,帝国灭亡的时候,皇帝的青铜骑马像共有22座。可惜因为教徒的过激行为,有的被毁,有的被熔解后挪作了他用。好在有一座保留下来了。"

"为什么只有一座呢?"

"那座骑马像是马可·奥勒留的。之所以逃过一劫,不是因为罗马帝国灭亡后的基督徒认为这位皇帝是哲学家,而是他们误以为这是君士坦丁皇帝的骑马像。"

马可大声笑了。君士坦丁是第一个公开承认基督教的皇帝。如果这座骑马像不是他的,而是马可·奥勒留的话,那就意味着君士坦丁的骑马像已经被狂热的基督徒用铁锤打砸而惨遭毁坏了。年轻的红衣主教受马可的感染也笑了。

"应该说这是不幸中的万幸。马可·奥勒留的骑马像作于180年左右,在这位皇帝统治的晚年,也是古典样式的最后一个杰作。也因此,在复兴古罗马时代的圣地卡比托利欧的计划案中,米开朗琪罗考虑把它作为重点的想法也就很好理解了。"

"可是,这一千多年来,这座皇帝骑马像保存在哪里了呢?"

"这座骑马像一直放在拉特朗宫前的广场上,就在罗马南侧城墙的附近。之所以得以保留，是因为11世纪的风景单色画介绍中，说这是君士坦丁皇帝像。好像到了13世纪以后，人们才知道这座骑马像上的主人不是君士坦丁而是马可·奥勒留。只是那时候的罗马基督徒已经和200年前的不同了。不再有人想去毁坏它，也没有人想搬走它。所以，这座骑马像一直留在了拉特朗宫前。

"听说到了15世纪以后，经常有艺术家前去参观这座骑马像。我听说帕多瓦的加塔梅拉塔骑马像的作者多纳泰罗、威尼斯的科莱奥尼骑马像的制作者委罗基奥、计划为米兰公爵斯福尔扎制作骑马像的达·芬奇等，凡是想制作青铜骑马像的艺术家都到过拉特朗宫前的广场，参观马可·奥勒留的骑马像。"

米开朗琪罗涉猎的领域很广，他既是画家又是雕塑家还是个建筑师，只是尚未制作过青铜骑马像。他想把这座骑马像很好地利用起来。虽然图上只画了安置骑马像的基座，但是，看着米开朗琪罗绘制的卡比托利欧广场的图，马可似乎看到了完成后的卡比托利欧广场。

他深深感到，只有罗马才能有这样宏伟的计划，只有罗马才能把这样的计划变成现实。

马可曾经和大多数人一样，认为米开朗琪罗选择在罗马工作是因为他的祖国佛罗伦萨的经济已经衰退，或者说这是原因之一。但是现在,他确信原因不止于此。米开朗琪罗年纪尚小的时候,曾经被洛伦佐·德·美第奇领养,在人性和艺术方面,得到了很好的培养。马可认为,即使洛伦佐·德·美第奇尚活在人世,米开朗琪罗应该也会选择在罗马工作。因为佛罗伦萨太小,太单调,缺少古代的东西,难以激发起他的创造力,也无法实现他的梦想。而在罗马,虽然教皇们为了自己名垂千古而利用了米开朗琪罗,但是米开朗琪罗为了创作出不朽的作品,也同样利用了他们。

"我感觉罗马是米开朗琪罗创造的。"

马可非常感慨,说了一句不明就里的话。他很想早一点看到那座马可·奥勒留皇帝的骑马像——可以激发米开朗琪罗等艺术家创造力的骑马像。他想看着这座骑马像从拉特朗宫前的广场运到卡比托利欧山。他问过法尔内塞红衣主教,知道搬运工作将在两天后进行。红衣主教说:

"因为搬运的时候不能出一点差错,所以一直在等这个季节——天气比较稳定,有持续一周以上的好天气。"

今天就是搬运皇帝骑马像的日子。马可早早起了床,没带仆从就出门了。他打算一路上跟随罗马皇帝的"骑行队伍",于是选择了骑马出行。

和圣彼得、圣马利亚、圣保罗并称天主教罗马四大教堂的圣乔凡尼教堂虽然古老却很宏伟。为了与这座宏伟的建筑保持平衡，前面的广场也很大。此时的广场内，已经聚集了很多人。青铜骑马像基座四周有木栅栏相围。从基座上卸青铜像的作业已经开始。马可把马停在稍远的地方眺望作业现场。从广场上经过的人们大多对此熟视无睹。只有少数人驻足观望，还有衣衫褴褛的孩子们大声喧闹。

工人们用机械把骑马像从基座上卸到地上，接着用机械把皇帝像和马分开，再用机械把皇帝像往上吊了50厘米左右，又在皇帝像和马之间垫了一块红色的毛织毯。因为青铜制的骑马像，人和马是分别制造后合在一起的，所以，中间垫上毛织毯是为了防止在搬运过程中摩擦造成损伤。红色的毛织毯让马可想到了古罗马骑士用的马鞍。不知为何，在骑马像搬上运输车后，他甚至觉得这匹马要走起来了。

拉运输车的不是马，也不是牛，而是10个男人。大概是因为人拉更安全吧。运输车经过马可身边时，马可听到有人说这座骑马像足足有1吨多重。10个男人分站在运输车的两边拉起了车。装着骑马像的运输车缓缓启动了。跟在运输车后追着跑的孩子们，在车离开广场的时候也不见了。他们大概已经失去兴趣了。

这时，马可骑着马靠近了缓缓而来的骑马像队伍。他慢慢前行，好像与马可·奥勒留皇帝随行一样。骑马像装在运输车上，看上去又高又大。马可不得不抬头仰视。近在眼前的马可·奥勒留的脸显得既安静又高雅，出乎马可的意料。

残留在青铜骑马像上随处可见的金色在早晨的阳光下光彩熠熠。皇帝没有佩戴战时的盔甲，只穿了一件古罗马男人的便服短衣。右手向上抬起，对着斜前方，犹如在向民众讲话。眼睛安静而深邃，不像是在做煽动性的演讲。马可·奥勒留曾经用希腊文著写了《沉思录》。作为该书的作者，安静的样子似乎更符合马可·奥勒留的气质。载着他的运输车缓缓地向圆形竞技场方向行进。

由于途中经过的古罗马广场遗址内有坍塌的神殿和凯旋门，所以，从圆形竞技场往卡比托利欧山不能直行。虽然可以穿行广场的路，但是在经过千年以上的岁月洗礼后，这条路已经既不宽阔又不平坦，完全不适合搬运珍贵且沉重的物品。因此，选择了绕道而行。从圆形竞技场经过遗址一侧，向南到达台伯河畔，再从那里北上，前往卡比托利欧。选择这条路，距离远了很多，拉车的男人们自然要多走不少路。但是，对于马可来说，他只想伴随皇帝骑行，丝毫不觉辛苦。

运输过程中，半裸着上身的男人们需要停下休息，擦一擦身上的汗。因此，运输车走走停停，停停走走。对于10个男人来说，1吨多并不太重，但是既要慢，还要万分小心地去拉，精神一定高度紧张。同样，指挥搬运的负责人流的汗也不比拉车的那些男人少。

皇帝像再次出发了。跟在这位皇帝的后面，马可心想：

在过去了1300多年后的现在，皇帝马可·奥勒留又骑行在自己的都城里了。

罗马史上有五位皇帝并称为五贤帝。他们为罗马帝国带来了繁荣和稳定。马可·奥勒留则是五贤帝中的最后一位皇帝，也是不幸的皇帝。他比任何人都渴望和平，却大多数时候不得不在战场上度过。在罗马帝国周边动荡不安的那个时代，他甚至死在帝国前线基地之一的维也纳。他的性格让他总是在思考，所以看到自己统治下的帝国战乱不断，这位皇帝一定很痛苦。但是生于罗马帝国的动荡时期，率领罗马战斗是他的职责。

马可想，马可·奥勒留或许是最后一位充满知性的皇帝。

这位皇帝深爱斯多葛学派哲学，马可之前也对此很有兴趣。

斯多葛学派不是追求理论真理这一意义上的哲学，而是追求良好的"生活方式"。有幸生活在比常人更好的环境里，拥有比常人更杰出才能的人，要为无缘这些幸运的绝大多数人尽自己的力量。也就是说，为公众利益而献身是斯多葛学派提出的最好的生活方式。

在共同体意识强烈的古罗马贵族中，出现比这一哲学学派的诞生地希腊更多，也更热心的拥趸是很自然的事。威尼斯共和国被称作中世纪罗马,这里的贵族会因此受到天主教会的排挤。不过,威尼斯共和国因为有强烈的共同体意识,同时又很重视法律,所以在这里依然有不少喜爱斯多葛学派的人。

马可为唯一保留下来的古罗马皇帝像是马可·奥勒留而高兴,为米开朗琪罗用它来复兴卡比托利欧而感到欣喜,也为今天能跟随皇帝的骑马像走在罗马而感到由衷的欢喜。

近距离观察,这座骑马像上的皇帝马可·奥勒留大约四十岁。这个年龄应该是他刚即位不久。此后二十年间重压下的沧桑,尚未在脸上显现。但是可以看出他已预感到自己职责的重要性。马可联想到这个时期的皇帝正好和现在的自己同龄。

除此之外,他还发现了一件事。实在因为太过普通,当他意识到的时候忍不住苦笑起来。

意大利语的马可在拉丁语中叫马可斯,因此,按意大利语的发音,马可斯·奥勒留就是马可·奥勒留。

当然,马可知道威尼斯名门出身的自己虽然也叫马可,却与马可·奥勒留没有任何关系。他知道自己的名字取自圣马可,写福音书的四位圣人之一。圣马可是威尼斯共和国的守护者,所以,威尼斯的男子中取名马可的人特别多。马可没想到自己竟然和古代皇帝同名,今天的这一发现给了他另一种欢喜,让他觉得自己就是此刻仰望着的皇帝马可·奥勒留的追随者。

把骑马像运到卡比托利欧山上着实不易。

在凯旋的将军赶着马车登上朱庇特神殿的时代,从古罗马广场前往卡比托利欧有一个石板铺就的之字形缓坡。但是,在经过了千年以后的16世纪,这个缓坡早已不见了踪影。要把沉重的物体运到卡比托利欧山上,只有走北边,因为那里的坡度相对比较平缓。

只是从这里通往卡比托利欧山的路很窄,只有去山上的罗马市元老院的人和马勉强可以行走。而此时,要在这条路上把重达1吨多的皇帝骑马像小心翼翼地运上去。走上这条坡路,几乎用了从拉特朗宫前的广场到这里相同的时间。

皇帝像的前进速度非常缓慢,作为"追随者"的马可做不到以同样的速度前行,于是他决定在卡比托利欧山周边散散步。

从山上往北下行,山下是威尼斯广场。广场西侧是壮丽的威尼斯宫,里面住着威尼斯共和国出身的红衣主教和共和国派遣的大使。这一带民居很少。也许正因为如此,遗迹的保存会相对容易,而且,也容易实施大胆的城市改建计划。毕竟只有民居还好说,如果周围有权有势的人家鳞次栉比,那么无论是修复遗址还是建设新城，都不会那么容易。罗马如此，任何一个地方均是如此。所谓历史，有的时候真的很麻烦。构成现在罗马市中心的纳沃纳广场和鲜花广场以及法尔内塞宫都是建造在古代遗址之上的。或许应该说，整个罗马和古代遗址早已合二为一。

皇帝像终于上了山，"追随者"马可匆匆追了上去。罗马的山丘不陡，骑马上行，只需片刻就可以站在卡比托利欧。马可觉得自己终于理解了米开朗琪罗要在这里铺设一条坡度平缓、直线上行的石阶大道的想法。

米开朗琪罗就在山上。大概是从工作现场直接过来的，身上穿着沾满颜料的工作服，头上戴着一顶无檐帽。这个样子实在很像他的风格。如此不修边幅的样子大概也只有他做得出来。他没有向骑马上来的马可打招呼，只是紧紧盯着从运输车上卸下来的马可·奥勒留骑马像。

基座已经建成。基座的一面刻着法尔内塞家族徽章——百合花。此时就要把骑马像放到基座上。这项作业远比把它从基座上卸下来要困难得多。

围着基座有四个高台，各装了一个很大的滑轮。把骑马像的人和马分开后，首先用这四个滑轮把马吊上去，在基座上方缓慢移动，接着，几乎是一厘米一厘米地移动着把它放到基座上。

由搬运工的负责人指挥的作业到此为止。这时，米开朗琪罗登上高台的中间层，开始亲自指挥固定作业。

马固定好了以后，轮到皇帝了。高高吊起的皇帝像被小心翼翼地移到马的上方，然后慢慢地、一点一点地往下落。

人像和马成功合为一体，人群中爆发出一阵欢呼声。

马可·奥勒留骑马像

几乎用了一整天时间，这项值得纪念的作业终于完成。为了防止在搬运过程中摩擦而垫在人像和马中间的红色毛织毯撤走了，皇帝像直接骑上了马。千年前的罗马帝国皇帝在眼前的基座上又恢复了他的威武姿态。就好像在与年轻的法尔内塞红衣主教进行"崭新的罗马"对话。

骑马像的后面是等待修复的罗马市元老院，骑马像的右侧是计划重建的市政厅，骑马像的左侧将新建卡比托利欧美术馆，对着骑马像正面要铺设石板台阶。要完成所有的这些工程大概需要相当漫长的岁月吧。但是，标志着卡比托利欧复兴的骑马像已经矗立起来了。得益于生活在罗马，马可目睹了通常难以看到的东西。虽然卡比托利欧全景何时完成不得而知，但是就在马可·奥勒留皇帝的骑马像安置完毕的瞬间，此地全貌变得清晰起来。他不由得感叹所谓建筑就是创造世界。

就在他浮想联翩的时候，运输车和工人还有米开朗琪罗都不见了。卡比托利欧只剩下骑在马上的马可·奥勒留皇帝，他终于找到了适合他的位置。

16世纪的马可骑马停在2世纪的马可旁边。不，16世纪的马可退后一步，停马向2世纪的皇帝致敬。

天主教的罗马就在不远处的山下。《沉思录》作者马可·奥勒留皇帝看到眼前的罗马会说些什么呢？夕阳把一片又一片云染成了玫瑰般的红色。

他会不会说不管谁住在罗马，罗马都是美的？会不会说寒冬的维也纳，在雪花漫舞的多瑙河畔只能凝视自己的内心呢？

16世纪的马可想起了在学校学习希腊语时翻译过的2世纪的马可写的《沉思录》中的一段话。

"只要你能找到你认为是正确的路，只要你能遵循一个原则来约束你的判断和行动，你的人生就会是幸福的。所有人有两个共同点，就是心里既有诸神，同时又有理性。不可因他人的言行而困惑。你的人生幸福只在于你是否听从自己内心的声音和采取正确的行动。为此，必要时我们不得不抛弃我们的欲望。"

马可告别马可·奥勒留暂且回家了。在空无一人的卡比托利欧，皇帝马可·奥勒留终于和无数古罗马人在一起了。

真的是暂且回家。因为这天以后，只要游览罗马，马可必去卡比托利欧看望这位古代皇帝。不久，连导游恩佐老人也知道了马可的这一习惯，在安排游览时会把最后一站留给卡比托利欧，到了山上，就留马可自己在上面。

马可会站在皇帝的骑马像旁思考。他对马可·奥勒留怀有亲近感是因为，他是古罗马皇帝，他是历代皇帝中为数不多的有学问的人，在拉丁语里两人都叫马可，更重要的是，马可·奥勒留是古罗马"终结的开始"之人。

一个国家持续的时间长了，一定会出现波浪般的起伏。国势的强盛和衰弱就像大海的波浪一样起起伏伏。命短的国家只有一波，不会有反复，国家衰弱就会走向灭亡。而古罗马国势的波浪起伏了很多次。在这一点上威尼斯也如此。

这种波浪般的起伏，在一个国家和民族力量充沛的时代，会多次出现。但是从某个时期开始，浪潮就冲不到曾经的高度。这就是终结的开始。之后，浪潮的高度开始一点点地降低。虽然还会有反复，但是在反复的过程中，高度在一点一点地降低，直至消失不见。这大概就是一个国家和民族的一生。

皇帝马可·奥勒留大概也意识到了自己的统治是古罗马终结的开始。皇帝马可·奥勒留在统治期间，大部分时间都在罗马帝国的边境，在与蛮族的作战中度过。也许就在这个过程中，不，也许正因为如此，他才意识到自己将成为罗马帝国走向终结的第一个见证人。

不过话说回来，从马可·奥勒留统治的2世纪末到西罗马帝国灭亡，其间也经过了两百年。罗马非一日而成，同样罗马非一日而亡。

只是，身为一国皇帝、一国最高统治者，意识到无论自己付出多少努力，无论自己多么尽职尽责，所掀起"浪潮"再也回不到曾经有过的高度时，他会是怎样的心情呢？

马可有过长期从事国政的经验，曾任职十人委员会——一个处理威尼斯共和国最高机密的、实际决定共和国未来命运的机构。根据他的经验，深切地感受到，作为长期保持欧洲最繁荣的国家，威尼斯也到了需要抉择的重要关头。威尼斯会不会也已经到了"浪潮"回不到曾经有过的高度的时候了呢？

对于马可·丹多洛来说，根据米开朗琪罗的设想而重新安置的马可·奥勒留皇帝像不再是单纯的青铜骑马像。马可突然想到，在曾经的古罗马圣地卡比托利欧得到了安息之地的皇帝骑马像，不是马可一个人的，它会让很多个"马可"去思考，超越时代，超越民族。

普雷韦扎海战

这天晚上原本应该和往常一样开始,和往常一样结束。

要说有什么不同,就是马可第一次在威尼斯宫内的红衣主教起居室里逗留的时间比往常长。在气候温润的罗马,即使到了深秋,也无须急着点燃壁炉中的火。这是一个舒适的季节,一件毛织的薄衣就够了。

客人马可穿着威尼斯贵族的黑色便服长衣,而这里的主人加斯帕罗·孔塔里尼这天晚上也没有穿神职人员的制服,只穿了一件和马可一样的衣服。这让马可感觉回到了20多年前。那时的马可刚刚担任公职,还是个新人。而现在的红衣主教孔塔里尼当时是一位出色的政治家,甚至被称为威尼斯灵魂人物。

和女人无缘的孔塔里尼只有一点没有改变,无论是在威尼斯还是来罗马以后,都起得很早。当然,晚饭按罗马有钱人家的习惯,也是天刚黑就吃。为了节省灯油,他过着和百姓一样日出而起日落而息的生活。这天晚上，负责照料他生活起居的僧侣拿着蜡烛台进来的时候，晚饭已经吃完，孔塔里尼和马可开始往专用的厚玻璃杯中倒威尼斯以北地区酿造的烈酒。这种酒叫格拉巴酒，在威尼斯都是冰镇后喝，而厚玻璃杯则是为了阻热，维持酒的低温。

就在这个时候，担任秘书官的僧侣慌慌张张地进来，甚至忘了敲门。秘书官没看一眼客人马可，在红衣主教的耳边三言两语说了些什么。坐着的孔塔里尼立刻起身，对马可说有点急事要出去一下，没等马可回答就匆匆离开了房间。

马可虽然没往心里去，但是感觉等的时间很长。他以为是教廷的急事，所以没有想太多，只是看着窗外宽阔的威尼斯广场耐心地等着。

背后响起了关门声，马可回过身来。加斯帕罗·孔塔里尼径直走到背对窗户的马可旁边，压低声音说：“我们威尼斯第一次在海战中失败了。”

看着脸色平时苍白、此时变得惨白的红衣主教，马可连声问什么时候、在哪儿、为什么。

孔塔里尼红衣主教也站到窗户边，看着马可的眼睛回答道：

"威尼斯大使告诉我的。祖国派来紧急特使，他也是从紧急特使的报告中知道的。大使现在正在去教皇居住地的路上。明天全罗马的人大概都会知道了。海战发生在9月27日。战场是普雷韦扎附近的海域，战败的原因……"

红衣主教没有再说下去。看他的神情，红衣主教应该知道战败的原因，也不是不想告诉马可，而是一言难尽。但是马可已经有点急不可待了。

迄今为止的千年历史中，威尼斯共和国也有过多次战败的经历。特别是近百年来，与一心想在东方扩张势力的奥斯曼土耳其帝国有过多次交锋，几乎都以威尼斯战败而告终。

威尼斯在1470年失去位于希腊的领地内格罗蓬特，在1500年失去伯罗奔尼撒半岛最前端的迈索尼，都不是因为在海战中失利，而是因为在激烈的攻防战中，土耳其派来大军，从大陆方向攻打威尼斯海军。威尼斯海军腹背受敌而败。所以，威尼斯不是败在海战中，而是败于与土耳其的陆战。

海军是海洋城市国家威尼斯的骄傲。而奥斯曼土耳其成为庞大的帝国后，即使可以投入与威尼斯总人口相匹敌的大军，也没有尝试过成为海运国家。没有海运传统的土耳其不可能成为一流的海军国家。事实上，威尼斯海军是地中海最强大的海军。迄今为止，威尼斯共和国从未在海战中败于土耳其。而现在，威尼斯在海战中，在海上军船与军船对抗的战斗中失利了。

普雷韦扎海战

马可心里很不平静，只是没有表现出来，也没有说话。

大概是意识到了马可的不安，不知几时坐到椅子上的红衣主教恢复了平静的语气。

"丹多洛阁下，你离开公职时间已经不短了。在此期间你有没有收到过来自祖国的消息？"

马可回过神来，急忙回答："没有。除了旅行期间听到过一些，我没有刻意去了解什么。和祖国的人坐下来聊天的，红衣主教，您是第一个。"

孔塔里尼轻轻点了下头，接着说："既然这样，我把事情的经过简单跟你说一说吧。应该不需要我做过多的解释。我就说一些事实。"

站在窗边，马可等待孔塔里尼说话。

"1453年君士坦丁堡沦陷以后，土耳其的攻势更加凶猛。在相当长的时间里，我们和土耳其势均力敌。在海上，威尼斯始终占据绝对的优势。

"土耳其知道仅靠陆军不行。于是，其利用被征服国家的人民来增强海上战斗力，特别是其中的希腊人。但是，希腊人虽然是东方的海上强者，却不敌我们海洋民族，还不至于威胁到威尼斯的优势地位。在地中海，伊奥尼亚海和爱琴海的制海权依旧掌握在我们手中。

"这些情况你应该都知道。然而，就在这两三年里，土耳其突然改变了做法。"

马可静静地听着，没有打断孔塔里尼的话。

"奥斯曼土耳其帝国的疆域非常辽阔，北边接近维也纳，东边越过幼发拉底河进入波斯，南边直到红海出口，西边经过突尼斯直抵阿尔及利亚和摩洛哥。

"只是从埃及到阿尔及利亚的北非一带，土耳其苏丹没有直接进行统治。而是把这些地方封为苏丹的藩属，以这样的方式进行统治。这一点也是你知道的事实。"

"那些人都是海盗。"

"是的。像亚历山大的总督，阿尔及尔的总督，这些总督的封号是苏丹授予的。实际上他们都是海盗头子。

"但是丹多洛阁下，海盗头子通常有他们自己的船和部下。既然以海盗为业，那么也就意味着他们拥有航海速度快的船和航海能力出色的船员，战斗能力绝对不弱于威尼斯、热那亚。不同的只是他们为自己而战，我们则是为我们的国家而战。"

马可终于重重地点了点头，好像明白了什么。红衣主教看着这样的马可，脸上也露出了微笑。

"这种事情也就土耳其想得出来。在海上永远也无法赶上威尼斯的土耳其才想得出来笼络海盗为其所用。

"对于海盗头子来说，这也不是坏事。尽管人们一听到海盗二字就会惊慌失色，但是只要他们是海盗，就永远见不得光。因为土耳其苏丹想灭了他们，可以派大军登陆，从突尼斯或者从阿尔及尔肃清海盗。

"而一旦被任命为地方长官成为苏丹的藩属负责人,他们摇身一变就成了政府官员,既不必担心被赶出他们的老巢,还有了劫持基督教船只的正义之名。

"苏丹的好处自然也不少。要拥有一支超过威尼斯海军战斗力的海军,需要庞大的经费支出。威尼斯为了保证本国的通商路线,需要强大的海军力量。土耳其不是一个通商国家,没有理由把钱用在海军上。如果把海盗拉拢过来,就可以省下经费。而在需要的时候,把他们召集起来就可以了。"

马可发出了一声叹息。

"威尼斯政府知道这个情况吗?没有采取措施吗?"

"这个情况十人委员会很清楚。但是就算知道,又能怎么办呢?

"海盗中有信仰伊斯兰教的阿拉伯人和希腊人,也有被抓后被迫改信伊斯兰教的意大利人。而信仰基督教的威尼斯人从来没有做过海盗,难道你想说我们可以收买这些海盗吗?

"假设我们可以用钱去收买他们,但是,海盗头子们想要的不是钱,而是官方身份。这个威尼斯给不了他们。

"兼任西班牙国王的皇帝查理五世曾经想过用这个方法收买海盗中最有实力的巴尔巴罗萨(红胡子)。然而结果正如威尼斯的十人委员会预料的那样并不圆满。巴尔巴罗萨是希腊人,很早就改信了伊斯兰教。他虽然是海盗头目中的头目,但是以北非一带为主要根据地的海盗中，绝大多数是阿拉伯人，是伊斯兰教徒。收买不是给钱就能行的。

"这就是近两年来，土耳其海上战斗力大增的最主要原因。当然，在此期间，我们也不是无所作为。只是战斗力虽然大幅度增强，是以往的一倍，终究还是不敌土耳其和海盗的联军。威尼斯有造船能力，但是人口太少。在加莱战船与加莱战船激烈撞击的海战中，海军战士之间展开的肉搏战才是决定胜负的关键。因此，起决定性作用的还是战斗人员的数量。虽然我们有船，但是我们能坐船出战的人员严重不足。加上在本土和海外属地的人口，威尼斯共和国的总人口也不足奥斯曼土耳其帝国人口的1/20。"

马可的脑海里离开公职期间的空白很快被填满了。他不再把加斯帕罗·孔塔里尼看作红衣主教，而是看作曾经身处威尼斯政府核心的人物。他说："只靠威尼斯一国无法对抗土耳其的话，只能和其他国家结盟了。"

孔塔里尼说话的语气也不再像一个神职人员。他说："是呀。这种情况下能帮上忙的只有教廷了。"

马可这才意识到孔塔里尼红衣主教在罗马的工作不只是街头巷尾传说的那样负责公会议的筹备委员会。他想，说服教廷共同对抗土耳其大概也是孔塔里尼的工作任务之一。

教廷没有军事力量。但是，作为神在地球上的代言人，如果罗马教皇加入对抗土耳其的行列，那么在基督教世界里，作为世俗世界最强大的神圣罗马帝国的皇帝，又是在地中海有切身利害关系的西班牙国王，查理五世就不能装聋作哑。神圣罗马帝国皇帝和西班牙国王是同一个人，只要罗马教皇加入，意味着欧洲最有权势的查理五世也要加入。而加斯帕罗·孔塔里尼红衣主教被公认是教皇保罗三世最信任的人。

马可沉默了。不知道孔塔里尼是如何解读马可的沉默的，他换了话题接着说：

"丹多洛阁下，你想知道的大概是真相吧。

"今年年初，教皇、查理五世和威尼斯之间结成了对土耳其同盟。只说加莱战船，各方的战斗力是这样分配的：西班牙——82艘，威尼斯——82艘，罗马教廷——36艘。

"因为罗马教廷没有海军，所以船和船员由威尼斯提供，教廷负责招募士兵。

"如果各方按约定派出战船，就可以组成一支200艘船的舰队。这在地中海世界应该是少见的大规模舰队。联合舰队成立后，到了春季，就到了适宜进行海战的季节，却迟迟没有采取行动，原因是在舰队战略目标和总司令人选的问题上，始终无法达成统一意见。

"查理五世觊觎北非的领土，他主张基督教联合舰队的战略目标定在北非，而威尼斯坚持定在东地中海，互不相让。

最后在教皇的协调下，双方各退一步，总算达成了协议。决定首先和土耳其海军展开对决，击退土耳其后，再决定下一个目标。

"在总司令的人选问题上，各方也是争执不下。西班牙方面坚持推西班牙海军总司令、热那亚人安德列亚·多利亚，威尼斯坚决不同意。你知道多利亚是以打仗作为生计的雇佣军队长，最早受雇于法国国王，后来被查理五世挖去担任了西班牙海军的总指挥。

"而且和雇佣军队长签的合约中，也包括他自带的船和他自己的部下。试想一想，有哪个雇佣军首领愿意为雇主的国家牺牲自己的战斗力？在这一点上，陆地作战只能用雇佣军的威尼斯可是了如指掌。

"相反，威尼斯海军完全由本国公民组成。把自己海军的命运交给一个不值得信任的雇佣军队长，在威尼斯政府看来，这是决不能答应的。威尼斯希望由本国海军的总司令担任联合舰队的总司令。就这样，情况陷入了胶着状态。

"但是土耳其侵略东地中海上的威尼斯殖民地的意图是赤裸裸的。再有，编入土耳其海军，有了官方身份的海盗活动也日益猖獗。仅靠威尼斯一国向土耳其海军发动战事非常困难，因为此时，威尼斯处于绝对的弱势。最后教皇提出了一个折中方案，提议任命乌尔比诺公爵为总司令。乌尔比诺公爵是陆军将领，毫无海战经验。让这样一个人指挥海军作战，有百害而无一利。不得已，威尼斯只好妥协。至少作为海军将领，安德列亚·多利亚是职业的。

"6月中旬，威尼斯舰队如约派出加莱战船82艘抵达集结地——希腊科孚岛。罗马教廷负责的舰队也载着在意大利各个港口招募来的士兵陆续抵达。只是招募的士兵数没有达到预期，到达科孚岛的船少于约定的36艘，只来了27艘。

"而安德列亚·多利亚指挥的西班牙舰队迟迟没有来。有一段时间甚至没有总司令多利亚的消息。在这样的情形下，6月过去了，7月也快到月末。

"土耳其方面自然也知道了基督教世界组建联合舰队的事。在海盗巴尔巴罗萨的率领下，土耳其舰队也离开了土耳其首都君士坦丁堡港口。得知这一消息却不得不停留在科孚岛的威尼斯舰队对西班牙的愤怒已经到了一触即发的地步，甚至有传言说查理五世打算把联合舰队的行动推迟到下一年。

"后来，安德列亚·多利亚终于到了科孚岛。只是原本约定的82艘战船，他只带来49艘。一星期后，全体船只准备就绪，整装待发。而多利亚却迟迟没有下达出征令，又过去了很多天。

"后来才知道，多利亚之所以按兵不动，是因为他在等查理五世的密令。9月25日密令送到，多利亚终于下达了出征的命令。而查理五世的密令有两条，一条是只有威尼斯获利的战斗不打，另一条是没有大胜把握的战斗不打。

"离开科孚岛后，为了可以随时投入战斗，联合舰队编成作战阵形前进。

"航行在舰队最前面的是运输船队，共71艘，是帆船。相距2海里（约3700米），紧随其后的是前卫队，由教廷舰队担任，共27艘加莱战船。雇用热那亚人格里玛尼担任指挥。

"前卫队之后是主力舰队，由西班牙舰队担任。47艘战船中，25艘来自热那亚、西西里、那不勒斯、马耳他，22艘是多利亚带来的。指挥自然是多利亚。

"担任后卫的舰队是清一色的威尼斯战船，共65艘。由威尼斯海军总司令卡佩罗率领，每艘战船的船长也由威尼斯人担任。

"殿后的是威尼斯的17艘战船和西班牙的2艘战船。这支队伍的任务是监视亚得里亚海入口，所以，在港口多停留了一段时间才离开。由158艘加莱战船和71艘帆船组成的联合舰队，尽管加莱战船数不足200，其战斗规模在基督教世界依然是空前的。据说，对多利亚接到的密令内容一无所知的威尼斯舰队士气高昂，连厨师也跃跃欲试。

"离开科孚岛后，联合舰队向南驶去。因为来自侦察船的报告说，土耳其舰队正航行在普雷韦扎的近海。

"所有船都接到了加速前进的命令。丹多洛阁下，你也知道一旦土耳其海军进入普雷韦扎辽阔的海湾，我们就失去了

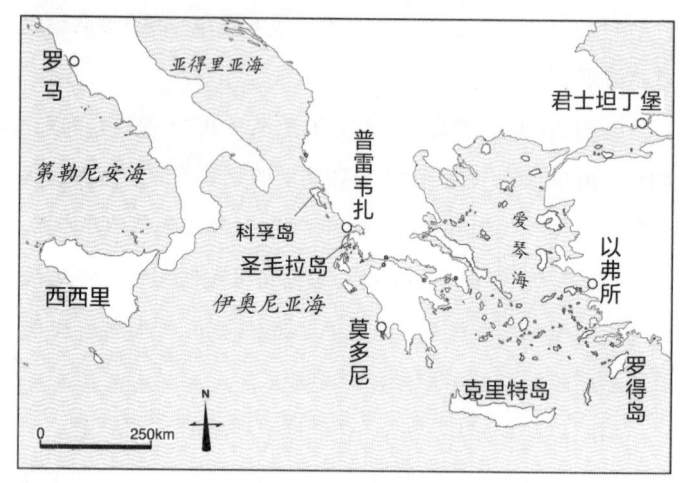

普雷韦扎及其周边

战机。因为海湾的入口很窄,要进入湾内,船队只能排成纵列两艘两艘地进。

"然而,为了攻打土耳其舰队而南下的联合舰队接到的下一个报告是敌人已进入普雷韦扎海湾。此时,联合舰队已经到达普雷韦扎海湾外的海域,而土耳其舰队进入海湾后,完全没有要出来的迹象。联合舰队派出几艘船接近海湾入口,向敌人挑衅却没有成功。于是,总司令多利亚下令全体舰队继续南下前往圣毛拉岛。不知道是为了诱出土耳其舰队还是打算不战而终,总之,没有人知道多利亚的真实意图。就这样,联合舰队把土耳其舰队留在普雷韦扎海湾离开了。

"与此同时,普雷韦扎湾内的土耳其舰队也起了争执。总司令巴尔巴罗萨打算按兵不动,而参谋中的土耳其大臣坚持主动出击。他们甚至威胁巴尔巴罗萨,说要向苏丹报告巴尔巴罗萨放走了敌人。至此,巴尔巴罗萨终于下了决心。

"土耳其舰队离开海湾追赶南下的联合舰队。追踪路上摆出了战斗的队形。前卫由多拉格率领,他是巴尔巴罗萨的左膀右臂。主力部队由巴尔巴罗萨指挥,后卫是来自阿尔及利亚的船队。所有指挥官都是海盗。据说战斗力略逊于基督教联合舰队。在圣毛拉岛附近,土耳其舰队追上了联合舰队。

"总司令多利亚把前卫和后卫司令叫到旗舰船上,试图说服他们撤离。他说,附近没有可以避难的港口,在这样的海域展开海战风险太大。但是,前卫司令格里玛尼和后卫司令卡佩罗都主张开战。尤其是威尼斯海军总司令卡佩罗,态度很强硬。他甚至放话说,即使只剩下自己的舰队也要迎战敌人。

"多利亚可能觉得多说无用,就挂出了准备开战的旗子。他没有马上开启战端,而是看着海上敌人的船队,下令调整舰队阵形:由战斗力很强的威尼斯舰队组成的后卫绕到左侧与敌人相接,战斗力较弱的教廷舰队绕到右侧。然而,就在调整阵形的时候,风向突然变了,帆船队被孤立了。

普雷韦扎海战

安德列亚·多利亚

"见此情形,土耳其军队当机立断攻打帆船。威尼斯的帆船多为大型船只,承受得住如蚂蚁一般袭来的土耳其加莱战船的攻击。而加莱战船上的士兵们,看着孤立应战的帆船队,胸中燃起了一团怒火。

"卡佩罗和格里玛尼都在等多利亚发出进攻的命令,却迟迟没有等来。只见总司令指挥的主力船队绕到帆船队的后方,向敌人的舰队驶去了。然而,多利亚并没有发起进攻,也没有停留。绕了一圈又回到原来的位置。他的这一行动实在令人费解。

"卡佩罗登上传令船,靠近多利亚乘坐的加莱战船,仰着头大声质问几时发起进攻。多利亚没有回答,只是又重复了一遍刚才的行动。

"威尼斯舰队中有两艘加莱战船忍无可忍,在没有得到司令命令的情况下,向袭击帆船中的敌方加莱战船攻去。眼看着被围在中间,即将同归于尽。

"这时,总司令多利亚终于下达了命令——撤退。土耳其舰队为了攻打帆船队,正绕向右方。主力船队则穿过土耳其舰队的左侧,向北逃去。教廷舰队紧随其后。威尼斯舰队很想留下来，但是深知，以自己微弱的战斗力实难与土耳其舰队抗衡，不得已也选择了逃跑。只有五艘西班牙战船和威尼斯帆船队，因为被敌人追上，不得不进行回击。最后，威尼斯帆船队和西班牙的一艘战船得以与逃到科孚岛的联合舰队会合。

"这就是海战失败的全过程。"

马可说不出话来。孔塔里尼说完普雷韦扎海战全过程后，身体倚在椅子上，也陷入了沉默。宽敞的起居室里，气氛凝重，甚至让人觉得起居室是如此窄小。

"孔塔里尼猊下，"马可没有意识到自己用了在孔塔里尼手下工作时的语言，说话的语气也听不出是自言自语还是询问，说："我们的损失只是两艘加莱战船，联合舰队并没有受到重大创伤呀。"

"但是，丹多洛阁下，我们逃跑了。"

"您说得对。在海战中，威尼斯舰队从来没有退缩过，但是这一次却逃跑了。在土耳其看来，这就是最好的宣传材料，可以理直气壮地宣称威尼斯海军并非无敌。"

孔塔里尼接过他的话说：

"更糟糕的是，这次海战不是威尼斯一国的失败。先不说真实情形如何，事实是，这一次出征的是基督教联合舰队，其结果是以失败告终。它意味着，我们为打击异教徒组建了联军，而联军却败给了异教徒。

"土耳其方面大概也是这样想的吧。20年前，土耳其占领阿拉伯半岛的麦加，把伊斯兰教的圣地纳入自己的统治之下。从那时起，在伊斯兰教的世界里，土耳其苏丹不只是世俗中的最高统治者，还成了宗教界领袖的权威。而这次海战中，我们基督徒再次证明了对方的实力和权势。苏丹可以向他统治下的伊斯兰世界宣称，只有他才有权力和权威来抵挡基督徒。

"以后，土耳其的攻势会更加凶猛。在苏丹的权威保护伞下，海盗不会停止他们的暴行，只会更加猖獗。"

"如果海战失败带来的损失只是物质层面的，我们威尼斯完全有能力恢复元气。但是，要消除心理上的阴影，却需要很长时间的努力。"

此时的孔塔里尼不像神职人员，他说了非常现实的一番话：

"然而，就算通过长时间的努力可以消除心理上的阴影，很多人却并不认为有此必要。以后，除了土耳其的军船，巢穴位于北非一带的海盗船，其船上也会高高飘扬起土耳其的星月旗。看到土耳其的星月旗，航行在海上的商船和渔船只会想着赶紧逃离，我们又如何让其保持冷静呢？还有，不仅有伊斯兰教的正义之名，而且还做到了让无敌的威尼斯海军落荒而逃，海盗现在一定意气风发。他们横扫意大利、法国、西班牙海岸地区时，又有谁敢站出来呼吁人们迎敌抵抗呢？率先逃跑的是贵族和骑士们。他们有特权，受人尊敬，他们有义务保护人民。"

"孔塔里尼猊下，我认为最简单也最有效的办法是再进行一次海战。"

红衣主教苦笑着点了点头。马可好像在整理自己的想法似的，慢慢地继续说道：

"最近的三百年，威尼斯的海军战斗力一直很强。一艘战船可以匹敌伊斯兰教方面的五艘战船。在土耳其任用希腊船员后，依然可以以一抵三。而且，威尼斯的划桨手都是自由民，他们随时可以投入战斗。相反，土耳其的划桨手都是戴锁链的奴隶。

"普雷韦扎海战中，威尼斯投入的战斗力，仅加莱战船就有 82 艘。就算失去了 2 艘，还有 80 艘。而土耳其方面不会超过 120 艘吧。所以，如果不跟随多利亚逃走，威尼斯舰队也是可以取胜的。不是吗？"

听了这话，孔塔里尼给马可浇了一盆冷水。他严肃地说：

"丹多洛阁下，你忘了敌人的主要战斗力可是海盗。"

"不，我没忘。他们拥有的船也就五六十艘吧。就算把这些船和其战斗力因素加起来计算，威尼斯和土耳其的海战力量对比也不足 1 比 2。"

听此，红衣主教越发严肃了。他说：

"丹多洛阁下，在你离开公职悠闲度日的时间里，北非海盗不仅数量大增而且力量也已经有了质的提升。

"的确，在伊斯兰教方面的土耳其船和海盗船上，划桨手都不能算作战斗人员，因为所有船上的划桨手不是俘虏就是被抓后成为奴隶的基督徒。但是，除了充当划桨手，还有相当数量的人可以用来补充作战人员。事实上，海盗船上的战斗人员数量通常是威尼斯船的2倍。而土耳其的船，在与海盗勾结以后，也开始模仿这种做法。

"我认为现实的情况是，在战斗力方面，伊斯兰教船与威尼斯船已经势均力敌。"

"如此说来，威尼斯舰队司令卡佩罗只能跟着多利亚跑了。"

"是的。所以，本国的政府没有追究卡佩罗的责任。"

"也就是说，仅靠我们一国之力，已经无力对抗敌人了。"

"力量是相对的。威尼斯海军力量在这一百年间也有所增加。只是土耳其因为借助海盗的力量，超越了我们。组建联合舰队只是不断探索达成的一个应对方法。但结果并不好。

"关键问题在于威尼斯和西班牙的目标不一致。威尼斯只想把土耳其势力逐出东地中海，那里有很多威尼斯的殖民地和基地。而西班牙却想把西地中海海域揽入手中，因为那里靠近西班牙。

"使这个问题更加复杂的是两国的关系。在米兰和那不勒斯进入自己的统治之下后，查理五世还想把意大利半岛从北到南的领土都占为己有。而在意大利，唯一没有屈服于他的，就是我们威尼斯共和国。因此，西班牙敌视威尼斯，而威尼斯也同样敌视西班牙。

"在宗教方面，两国的政策也不一样。威尼斯明确政教分离。相反，西班牙认为政治和宗教应该合二为一。

"经济方面也不同。威尼斯是通商国家，而西班牙经济的基础在于获取新的领土，从那里榨取财富。所以，只要不出现太大的危机，两国很难达成一致。"

"西班牙海军有一天也能做到以一国之力对抗土耳其吗？"

"船可以用钱来造。但是，擅长操纵船只的人不是用钱就能轻松找到的。西班牙没有海运国家的传统。现在，西班牙和法国的船员都是雇来的意大利人。我认为西班牙要成为地中海最强的海军国家是不可能的。"

"但是孔塔里尼猊下，不管它们想往何处发展，西班牙都不可能放弃地中海。而威尼斯就算不是地中海世界最强的海军国家，至少在基督教世界里，威尼斯是最强的。因此，对它们来说，它们需要威尼斯。"

"它们需要我们，我们也需要它们。两个国家互相敌对又互有所需，难免会使问题变得复杂，罗马教皇只能居中调解。也就是说，威尼斯不能再像从前那样，无视基督教世界的感情，让经济独立于宗教。

"丹多洛阁下,你不要嫌我啰唆,我必须告诉你,单纯考虑经济,已经很难保护经济上的利益。现在已经到了这样一个时代。威尼斯共和国已经进入一个举步维艰的时代。"

告别孔塔里尼红衣主教回到家后,马可辗转反侧,一夜未眠。各种思绪在脑海里不断萦绕,让他的大脑毫无睡意。他终于睡着的时候,已是晨曦照进房间以后。

决定回国

普雷韦扎海战的失败让罗马百姓也深受打击。平日里，他们过着悠闲的生活，从不关心这种事。而现在，罗马的街头巷尾、酒馆里面、喷水池旁，随处可以看到人们聚在一起相互间激烈争辩的情景。就好像他们都是罗马元老院成员一样。

"那个战争贩子！"人们众口一词，谴责安德列亚·多利亚。作为基督教世界第一次出海作战的联合舰队总司令，他那令人费解的行为成了百姓泄愤的对象。

他们当然不知道多利亚在出征前收到了查理五世的密令。知道密令的只有威尼斯政府和教廷高层的神职人员。但是，不管内情如何，百姓认为不出一兵一卒就选择逃跑的责任在总司令，这样的判断总是没错的。多利亚大概也对自己当时的行为感到羞愧，带着自己的船队回了西班牙。第一次在海战中败北的威尼斯舰队需要紧急善后，也回了自己的国家。

于是，从希腊到意大利的海域几乎成了不设防的地带。

而这正是让平时从不关心海战的罗马百姓最担心的地方。

海战发生的地方普雷韦扎位于希腊的西端。从那儿往西，在长筒靴状的意大利半岛鞋尖位置和西西里之间有一个海峡。穿过这片海峡北上，不到 10 日即可到达罗马的海域。这个距离和绕道伯罗奔尼撒半岛，从爱琴海北上到达土耳其首都君士坦丁堡所用的时间几乎相等。也就是说，海战胜利后，士气大涨的敌人已经快到罗马人的家门口了。

罗马并不临海，但是，奥斯提亚港口距罗马约 30 千米。从奥斯提亚沿台伯河向上而去，完全可能打到罗马市中心。而且，奥斯提亚周围都是沙滩。坐小型快船登陆沙滩，抢劫周边人家是海盗的惯用手法。没有人可以嘲笑罗马百姓的恐惧。此外，马可还有另一个担心。

那天晚上，从孔塔里尼红衣主教那里得知普雷韦扎海战失败的消息以后，表面上看，马可的日常生活没有什么变化。每天依旧跟着恩佐老人寻游古迹，几乎从不间断。只是，老人发现马可在听讲解时常常走神。马可不说，老人也没问。他只是想马可可能有心事。正因为如此，在此之前相谈甚欢的两人现在却常常陷入沉默，而马可好像并没有意识到这一点。

最早发现马可变化的是奥琳皮娅。只是，看着常常陷入沉思的这个男人，奥琳皮娅并没有问为什么。作为一个高级妓女，奥琳皮娅知晓只有上层社会才知道的情报，所以，要猜出马可的心事并不难。而且，奥琳皮娅也知道，这个时候，自己做什么都不能消除这个男人的忧虑。

有两个男人敲响了马可租借的房门。这是秋日的一个早上，碧空如洗，与沉浸在担忧中的罗马人形成反差。

受罗马贵族的影响，马可早上起得很晚。他穿着居家服，还在用早餐。恩佐老人已经来了，正在餐厅旁边的起居室修改遗址模型。开门的仆从告诉马可，威尼斯大使馆的两位工作人员来访。

因为是临时住处，除了起居室，房子里没有专门接待客人的房间。马可只好让老人去餐厅，自己穿着居家服接待了二人。

"马可·丹多洛阁下，我们是大使派来的。大使请您马上去一趟大使馆。"

马可没见过这两个人，但是他们的口音，无疑暴露了他们是威尼斯人。马可问："我现在只是一个普通人，大使为什么要见我？"

"这个我们不清楚。"

马可发现自己问了一个毫无意义的问题。他对两位使馆人员说去换身衣服,让他们稍等片刻。同时告诉恩佐老人,让他回去,明天再来。

马可换好衣服出来。仆从很自然地给他牵来了马。两位来访者说是走着来的,所以只能请丹多洛阁下也走着去。两人中,有一人苦笑着说:

"我们威尼斯人习惯坐船,却不习惯骑马。有人说我们骑在马上的样子很难看。我们一骑马,就会被人看出是威尼斯人。所以,有任务的时候,我们尽量不骑马。"

马可笑着说:"这样一来,不是永远都骑不好马了吗?"两位工作人员也笑了。于是,马可知道大使紧急召见自己不是坏事。

通常,下级对上级的意图猜测得很准,这会在他们的态度上表现出来,尽管他们并不知道上司召见一个人的确切原因。得知两位大使馆的工作人员来访,马可一直很忐忑。此时,虽然尚不清楚缘由,但他相信应该不会是坏事,心情随之放松下来。

为了拜访孔塔里尼红衣主教,马可经常去威尼斯宫。而今天,他第一次没有从东门进红衣主教的住宅,而是从南门进了大使馆。

里面并不大,但是内院很美,围绕一楼和二楼的拱形走廊也很雅致。只是种在内院的绿植完全是南国风光,其中还有几棵棕榈树。这在罗马非常罕见。罗马人不太用绿植装饰内院。所以,应该是按照祖国威尼斯的装饰风格,从南国直接运来的。大使的办公室在二楼的一角,通过走廊可以看到这个内院。

只等候片刻,马可就被带到了大使办公室。办公室很大,一张办公桌放在室内的一角。一个男人坐在桌子后面。马可认识这个男人。原来常驻罗马的威尼斯大使是他。

此人曾经以最优异的成绩毕业于威尼斯共和国最高学府帕多瓦大学,擅长对复杂的讨论进行总结。这个男人擅长协调不同的意见,比较宽容,不会把自己的意志强加给对方,在元老院会议上并不引人注目。马可担任公职的时候,他只是马可的一个前辈。马可对他谈不上有什么崇拜的敬意,也没有过多的交往。但是他人不坏。这天早上,也是他首先起身走向马可,并请马可入座,态度很和善。他开口道:

"丹多洛阁下,今天终于见到您了。之前派人跟踪您,虽说是工作上的需要,还是要对您说声抱歉。"

马可这才知道,一年前开始监视自己行动的原来是自己国家的大使馆。因为自己没做过什么,也就没放在心上。只是心里还是有些不愉快。

"因为是政府的指示,我们只能执行。不过话说回来,丹多洛阁下,您是高级官员,了解国家的大事,又是情报机关的人,所以,对于受到监视这件事,您应该能理解吧。"

马可心想,这种事不说我也懂。

"丹多洛阁下,今天请您过来是有一件值得高兴的事。政府那边传来消息,说您当选十人委员会的委员了,希望您尽快回到威尼斯。"

马可愣了一下,自己可以回十人委员会了!可以回威尼斯共和国国家政治的第一线了!一时间,威尼斯的各种景象在他的脑海中纷至沓来。总督官邸内挂满壁画的会议室;连桨都漆成深红色的威尼斯舰队的旗舰;运河上绿色的水;像鼓甲一样在水上来来往往的贡多拉船……

马可沉默了。大使猜不透他在想些什么,径自去自己的办公桌前,从桌上拿来一封信,放到了马可面前的桌子上。

"这是总督写给你的信。"

马可拿起信,默默打开红色的蜡油封印。这是总督古利提的亲笔信,用褐色墨水写的。

"亲爱的马可·丹多洛阁下:

"每次想到你,我都忍不住想起死于非命的、我的儿子埃尔维斯·古利提。你和埃尔维斯是好友。但是,我对你的思念不只于此。

"威尼斯元老院以多数赞成票决定恢复你的公职。这是一件值得高兴的事。祝贺你恢复威尼斯元老院元老的身份,祝贺你恢复十人委员会委员的职位。虽然不是全票通过,但是你无须在意这些。因为全票同意反而会让人不安。"

马可好像看到自己熟悉的总督古利提就在眼前,情不自禁地笑了。他继续看信:

"我们的共和国现在正面临重重危机。走错一步,威尼斯可能就会重蹈佛罗伦萨和热那亚的命运。

"我个人和土耳其的苏丹苏莱曼是好友。但是,国家利益优于个人利益。苏莱曼对我的友情既没有挽救我儿子,也没有让我们避免与土耳其的战争。

"我已经八十多岁了。体力的衰退不可避免地会导致精力的衰退。说老实话,我非常疲倦。我一定活不了很久。

"我原以为,在我死后可以放心地把威尼斯托付给加斯帕罗·孔塔里尼。可是他被教廷要走了。我知道他在罗马工作时,时刻想着威尼斯。但是,他终究不能再参与威尼斯的国是了。所以,原本我想托付给孔塔里尼的事情,现在想托付给你。

"孔塔里尼红衣主教也给我来信了。关于推荐你接我的班,他表示完全同意。

"孔塔里尼一直是我最信任的人,现在依然如此。直到他表示赞同,我感觉老龄带来的肉体上的痛苦顿时缓解了不少。

"丹多洛阁下,回到威尼斯后,希望你尽快来见我。对于一个老人来说,和年轻的有识之士聊天是最佳的良药。因为我可以这样想,虽然死亡不久就会降临到我身上,但是我做完了我该做的一切。对我来说,死亡就像是安静入睡一样。"

看完信,马可小心翼翼地把它收进上衣胸袋。出现在他脑海里的各种景象已经消失。此时的他,也许可以平静地面对大使接下来要说的话了。

"丹多洛阁下,作为大使,我不能干涉一个公民的私生活。但是现在,您不再是一个普通百姓了。回到威尼斯,您将担任重要的公职。因此,我想我有责任把我了解到的一切告诉您。我要跟您说的是和您交往的那位女性的事情。"

马可默默地看着大使。这件事让老好人大使很难说出口,他忐忑不安。

"您是否知道,这位名叫奥琳皮娅的女性是皮耶尔·路易吉·法尔内塞公爵的情人?

"这件事我不能瞒着威尼斯的十人委员会。威尼斯方面要求您马上和她断绝关系。

"丹多洛阁下,您应该知道,现在的威尼斯共和国需要罗马教廷的支持。在和教廷的关系问题上,我们需要更加谨慎。法尔内塞公爵是现任教皇保罗三世的亲生儿子,同时也是教会军总司令。虽然只是名义上的,但毕竟是总司令。十人委员会的意思是我们不能得罪他。"

马可不想继续听大使的话。他强压着从这个房间跑出去的冲动。大使的话一说完，他郑重其事地打了个招呼就离开房间，快步穿过内院离开了威尼斯宫。

不记得走的是哪条路回的家，他的脑海里一片混乱。

没有想过要指责奥琳皮娅。因为她没有说谎，是马可没有问。之所以没问，是因为马可觉得，要问这个问题，自己就要抛下自己的骄傲。同时，从某种意义上来说，自己是在逃避对奥琳皮娅的责任。因为奥琳皮娅是一名高级妓女。该责备的是自己。

选择继续做一个普通人，和她结婚，就不会有任何问题。因为威尼斯共和国可以谴责自己不顾国家利益，却不会干涉一个普通人的生活。而且，站在国家的立场上，威尼斯人对情人关系也不会说三道四。总督古利提就有一个情人，是个希腊女人。这件事众所周知。马可的好友埃尔维斯就是古利提和这个情人所生的私生子。埃尔维斯和马可在一个学校上学。在威尼斯的学校里，没有一个同学把这件事当回事。也就是说，马可的困境不是因为他有情人，而是他的情敌非一般人。话虽如此，就两人恋爱、马可身份改变、两人关系发展而言，这些事情是谁也无法先知先觉的。这样一想，除了变成现在这样，又能怎么做呢？

马可不知道如何解决这个问题。他已决定回国担任公职。

这个决定没有违背他的意愿。当然,他可以坚持做一个普通人。只是这样的选择对威尼斯政府来说前所未闻,还会辜负总督古利提的信任。当然,如果他决心这样选择,也不是不可以。但是,马可自己做出的决定是回到工作岗位,为陷入困境的祖国威尼斯服务。

这样一来,与奥琳皮娅的关系就成了问题。她是如此地深爱自己,她因为能和自己结婚喜极而泣。对这样一个女人,马可如何才能说出口呢?

这天晚上,奥琳皮娅说好要过来。马可没有外出,也没有看摆满起居室的古代遗址图和模型。他静静地站在阳台,看着眼前的台伯河,等待夜晚的降临。

无论是马可一个人吃,还是和奥琳皮娅一起吃,晚饭都是一样的。因为在马可眼里,女人不是客人。所以厨房的仆人也没有把她当客人看待。不同的是,平时摆放在餐桌上的银烛台只有一个,和情人同进晚餐时就放两个。

今天晚上,奥琳皮娅和马可在餐桌前相对而坐。左右两边的灯光照在奥琳皮娅的脸上,使她看上去更加光彩照人。平时因为食欲旺盛而常常被她取笑的马可,这天晚上看着灯光下熠熠生辉的女人的脸出神。夹菜的手也变得迟钝。

"你是不是有心事?"

声音非常熟悉。马可终于下定了决心。

"皮耶尔·路易吉·法尔内塞公爵和你……"

马可犹豫是否要继续说下去。这是他的性格使然。女人听到这里，一直含笑看着马可的脸上没有了笑意，而声音一如既往。她说："你听谁说的？"

"今天早上我见了威尼斯大使。他说是十人委员会传来的消息。"

"关于这件事，十人委员会还说什么了？"

"什么意思？"

"例如，关于我和法尔内塞公爵的儿子……"

男人的心里又起了波澜，但是他的声音却变得平静了。

"关于这件事，大使什么也没说。"

奥琳皮娅好像松了一口气，微笑又回到了她的脸上。看着女人柔和的表情，男人的脸变得僵硬起来。奥琳皮娅迎着男人犀利的目光，开始诉说。

"十人委员会的消息号称绝对准确和绝对全面。连十人委员会都没有告诉你，说明其没有察觉到。这件事我想过早晚要告诉你。现在，好像是时候了。所以，我要告诉你一切。"

关于和皮耶尔·路易吉·法尔内塞之间的事，奥琳皮娅和盘托出。她说，两人还是少男少女的时候，就非常要好。随着年龄的增长，很自然地成了一对恋人，生下了一个儿子。因为皮耶尔·路易吉的夫人迟迟没有生育，所以，法尔内塞家族承诺给她生的孩子长子身份,还把孩子带走了。当时,夫人的娘家奥尔西尼家提了一个要求,就是夫人有了自己的孩子后,由那个孩子继承家主的位置。事实上也是这样,奥琳皮娅生的儿子进了神职界。

"这个孩子就是亚历山德罗·法尔内塞。"

奥琳皮娅说这句话的时候,脸上的表情非常温柔。马可听后却大吃一惊。他这才理解那位年轻人身为长子,却进了神职界的原因。

"主教大人自己知道这件事吗?"

"他不知道。他一直认为他的亲生母亲就是公爵夫人。"

对一个母亲来说,这是何等残忍的一个事实,她的心该有多痛。但是,奥琳皮娅说话声音温柔,神色平静。也许她早已看开了吧。马可很想说些什么来安慰这个女人。

"他是个好青年,聪明有教养,言行举止很有气质,思想开明,充满热情。而且,他的热情都用在正确的事情上。"

这时,女人泪光盈盈。

"虽然我不能认他,但我一直看着他长大。"

好一会儿,两人都在想着年轻的法尔内塞红衣主教。过后,马可想到了有关另一个人的事。

"法尔内塞公爵应该不知道我吧?"

"知道。因为他问起,所以我跟他说了。我也跟他说了要和你结婚，让他同意分手。"

"公爵怎么回答的？"

奥琳皮娅笑了。

"他说和我结婚这件事他没办法做到，所以只有祝福我。"

马可一阵绞痛。但是，他不能不说。

"奥琳皮娅，今天大使把我叫到威尼斯宫，告知我当选十人委员会的委员了。我也接受了。"

马可已经做好准备接受女人的责骂。无论女人怎么责怪，他都甘愿承受。然而，奥琳皮娅没有骂他，反而轻声笑了。眼睛含着笑意，看着马可说：

"我一直有预感会是这样的结果。如果如愿和您结婚的话，上帝实在太眷顾我，给我太多幸福了。我知道不可能有这样的事。毕竟幸福往往伴随着不幸。"

男人低下了头。奥琳皮娅起身来到男人身边跪了下来。她握住男人的手，仰头看着男人的眼睛说：

"但是亲爱的，我不会放弃。"

你要怎么做？马可的眼睛在问。

"我不在乎能不能和您结婚。但是，我希望您带我去您要去的地方。我之所以留在罗马，只是为了和儿子生活在同一片天空。但是现在，那孩子已经十八岁了，不再需要母亲的关心了。我已经没有在罗马生活下去的理由。我要听从我的内心。只要您同意，我愿意跟您去威尼斯。"

"奥琳皮娅!"

马可心中流过一股暖流。他说:

"奥琳皮娅,你在罗马有自己的世界。到了威尼斯,你就是一个外来客。我可以跟你发誓,我绝对不跟任何人结婚。我能做到的就是这一点。"

"我不在乎。只要能和您生活在同一片天空下,我就心满意足了。"

"去了威尼斯,我不会像在罗马这样做妓女。我可以开珠宝店,还可以做一些我喜欢的事。"

"我不会介意你去威尼斯继续从事现在的工作。我不会因此感到蒙羞的。"

"我想换工作不是因为担心有损您的身份。现在宗教改革和反宗教改革的对立越来越严重,我觉得妓女的工作会越来越不好做。就算我留在罗马,早晚也会面临转换工作的情形。"

奥琳皮娅好像不是在说自己的事情,更像是在剖析整个社会。这让马可感到轻松了许多。

马可心想,那就一起去威尼斯吧。

唯一的担心是法尔内塞公爵。马可说了自己的担忧。不知道奥琳皮娅内心的真实想法是什么,她说得很干脆。

"我偷偷地逃出来。"

女人说她只能这样做。"罗马教廷的力量左右不了威尼斯。只要到了威尼斯,教皇的儿子就不能随心所欲了。"她笑着继续说,"而且,我是自己逃走的,不是被你强行带走的。所以,不用担心会牵连你,不会影响到你在威尼斯共和国政府任职。"她还说,去威尼斯的时候,最好分开走。

然而马可坚持一起走。

他不担心女人会毁约,只是一个女人独自出行不安全。奥琳皮娅说,离开之前,要解雇在她身边如影随形的沉默寡言的大个子男仆,因为他是法尔内塞公爵的人。

最重要的是,因为爱马可,奥琳皮娅愿意接受马可的一切。为了回应奥琳皮娅的这份爱,马可决定以后要尽一切可能多陪在这个女人身边。带她前往威尼斯是他践行这个承诺的第一步。

奥琳皮娅始终认为分开走是最好的。但是,架不住男人一次次恳求,最终答应了一起走。时间定在一个星期以后。虽然马可在罗马只是短暂旅居,但他也需要拜访几个人,和他们道别。

首先要道别的是法尔内塞红衣主教。听了奥琳皮娅的告白,马可心里对法尔内塞红衣主教更增添了一分亲切感。

第二位是米开朗琪罗。他是红衣主教介绍认识的,他让原来生活在政治世界里的马可认识了一个不一样的世界。

还有一位是恩佐老人。他是个热情、忠厚又认真的人,带着马可在古代的世界里到处徜徉。

最后一位是孔塔里尼红衣主教。他用清晰的条理和深刻的洞察力让马可开阔了眼界,又让他看到了问题的所在。

这些人让马可在罗马的生活变得非常充实,和他们道别,不是简单的一句再见就可以。

法尔内塞红衣主教终究还是年轻。他说如果你回到公职,我们一定会在某个时间某个地方再见到吧。

米开朗琪罗特意为他揭开了尚在制作中的《最后的审判》的罩子。马可答应这件作品完成后,一定前来欣赏。

跟恩佐老人表示了由衷的感谢。虽然支付了较高的酬金,但是他依然认为自己给的并不多。马可委托老人把他画的遗址图和他制作的复原模型全部寄到马可位于维罗纳的别院。为此,老人非常高兴。因为他觉得自己付出的劳动没有白费,并答应到了春季,将亲自带着这些东西送到维罗纳。

接下来是决定回威尼斯的路线。他打算先走陆路,然后坐船走海路。

他们选择的是从罗马向东北方向延伸的弗拉米尼亚大道。走这条路要翻越亚平宁山脉,所以,他们计划入冬前出发。弗拉米尼亚大道是古罗马时代的大路之一,从西到东横穿意大利半岛。这是距离最短又最安全的一条路线。

经过弗拉米尼亚大道,来到亚得里亚海边。这里有周边最大的安科纳港。只要到了安科纳,找一条威尼斯的船就很容易了。在安科纳上船,沿亚得里亚海一路北上即可到达威尼斯。

马可忙着和朋友们道别,忙着制定路线,没有时间关心奥琳皮娅为迁居做了些什么。聪明的女人总是很吃亏。因为男人相信她可以做得很好,会对她非常放心。所以,马可只是在出发的前一天早上匆匆去看了一下奥琳皮娅是否准备妥当。这个时候,马可才意识到只顾忙自己的事情而忽略了奥琳皮娅。

女人泛着红晕的脸上溢满幸福。一看到马可就跑过来一把抱住了他。马可说你怎么像个二十岁的女孩子。奥琳皮娅笑了。她说:"上帝把幸福赐给人后,必须一把抢过来。瞻前顾后、不敢放开手脚不是我的性格。"

这一天,两人只是相拥片刻就分手了。从明天开始,他们可以一直在一起了。

离别

奥琳皮娅做任何事情都会想得很周到。然而这一次,她犯了一个致命的错误。

她把所有的钱悄悄转到威尼斯的银行。这样做没有问题。有很多与她从事高级妓女工作相关的东西,她决定放弃它们,这也没有错。因为家具虽然豪奢,但没有的话也不觉得可惜。即将开始的全新人生不需要昂贵的华服。珠宝首饰大部分是皮耶尔·路易吉·法尔内塞送的,也不带走了。

她必须带的东西只有两件。一件是提香绘制的她的半身像,另一件是马可送的"拉斐尔项链"。除此之外,就是她非常喜欢的几件蕾丝和旅途中替换的衣服,再加几件高档服装。

东西不多,但是装到马可准备的马上时,一定会引起仆从的注意。所以,出发的前一天早上,奥琳皮娅叫来那个大个子男仆,告诉他自己要出门几天。这几天他可以回老家休息。仆从的老家就在法尔内塞公爵的领地内。她不知道这几天公爵正好就在那里。

仆从回老家后，奥琳皮娅开始收拾行李。

从墙上摘下提香的画，拆开画框，把画卷成筒状，再用毛织布包起来。这样把它放在马背上就不怕晃了。项链放在卧室梳妆台上，准备明天一早梳妆时戴。因为没有人会进她的卧室，不担心有人看到，所以，她把收拾好的旅行箱随意放在了卧室。明天早上，马可的仆从会把它拿到楼下。

虽然认识的人很多，但是奥琳皮娅没有家人，也没有需要道别的人。她只见了法尔内塞红衣主教一面。没有道别，只是和平时一样见了一面。

当时，红衣主教有一个很重要的会要参加。但是他什么也没说，只是同平时一样，温和、礼貌地接待了她。两人在红衣主教的房间里待了近一个小时。红衣主教侃侃而谈，话题从宗教会议到与米开朗琪罗合作进行的罗马改建计划。他说了很多，奥琳皮娅始终微笑着倾听。这次见面结束后，奥琳皮娅等待在罗马度过最后一夜。

直到房门被打开，坐在卧室梳妆台前整理头发的女人都没有注意到有人进了家。皮耶尔·路易吉高大的身体立在那里，好像堵在门口似的。

长及脚面的黑色斗篷下摆沾满了泥。头发乱蓬蓬的，苍白的阔额头和漆黑的眼睛不是平时的样子。看样子是快马加鞭连夜赶来的,他堵在门口,盯着女人,也看到了一旁还未合上的旅行箱。

"什么情况呀?"

男人的声音异常平静,让奥琳皮娅反而心生不安。要在平时,她总能找借口搪塞过去。但此时,她连一句话也说不出来。男人依然站在那里,说:

"我说过你结婚,我会祝福你。不需要这样一声不吭地逃走吧?"

"我们不能结婚了。"

奥琳皮娅的声音好像是从嗓子眼里挤出来一样。男人盯着女人的眼睛,一言不发。气氛非常压抑。女人终于承受不住,她说:

"丹多洛阁下要回去担任公职,不能和我结婚了。"

皮耶尔·路易吉这才从门口走进屋里。奥琳皮娅知道,如果此时他抱住自己,自己的决心就会动摇。她在梳妆台前向后退去,边退边说:

"我要跟他去威尼斯,他的……"

声音里带着哭腔。

男人没有等她说完,一把搂住了女人的肩。皮耶尔·路易吉的声音依然很冷静,他说:

"如果他正式娶你为妻,我会主动退出。如果丹多洛不能跟你结婚,那么他和我就没有任何不同。"

奥琳皮娅抬起头，看着高个子男人叫了一声：

"皮耶尔！"

这是他们还是少年少女时，只有她才能叫的爱称。

"皮耶尔，我只想离他近一点。"

男人的表情突然变得冰冷，也只是一下。皮耶尔·路易吉抓着女人肩膀的两只手顺着她的身体往下滑，跪在女人面前，开始轻声倾诉，也用曾经的爱称：

"奥莉，你不该说出如此残忍的话。你我从小一起长大，今后也要一起老去。这是我们的命。我们的儿子已经健康成长。你为什么要破坏如此宝贵的一切呢？

"你不喜欢情人的身份，我理解。但是，那个威尼斯人也不能给你更好的身份，不是吗？你是我深爱的女人，我为自己只能把你放在这样的位置深感内疚。这件事始终是我的一块心病。

"丹多洛和我不一样。他对自己的生活可以有更多的选择。可是，他还是选择抛弃你。"

"他没有抛弃我。"

"这么说是你选择了他。继续做他的情人是你的决定？"

男人静静地站了起来。女人看着男人的眼睛，明确地说：

"是的，是我决定留在他身边的。"

终于说出来了，奥琳皮娅想。听到此话，男人露出了痛苦的神情，又因自尊受到伤害，喷出了愤怒之火。看着眼前的这个男人,奥琳皮娅觉得自己很无助。

女人在等男人痛骂自己一顿,却始终没有等来。

女人的视线落在了男人的腰间。他穿着一身黑衣服,只有腰部微微隆起,好像有光照到一样。护身用的短剑挂在腰带上。

那是皮耶尔·路易吉成年那年,奥琳皮娅送给他的,是奥琳皮娅卖掉手中的首饰,用换来的钱请罗马最好的工匠大师专门定制的。当时,奥琳皮娅刚当妓女不久,还没有像样的首饰。所以,只在手柄位置镶了几颗珍珠。这已是她最大的能力了。法尔内塞公爵今非昔比。想要一把镶嵌宝石的昂贵短剑,可以轻而易举得到。然而,皮耶尔·路易吉还是随身带着那把短剑。即使身着豪华服饰,与这把简陋的短剑极不相配,皮耶尔·路易吉也会把它挂在腰带上。

奥琳皮娅看着那把短剑,脑子一片空白。有一只手伸向短剑,她完全没有意识到。只是视线离开短剑再次看向男人的时候,奥琳皮娅的脸上带着温柔的笑,充满了依恋。

没有叫喊声,也没有别的响声。手柄镶着珍珠的短剑刺中了心脏,甚至来不及感受剧痛。倒在地上的奥琳皮娅脸上还带着微笑。殷红的鲜血在白色真丝睡衣的胸前无声地扩散开。

男人一动不动地站在那里。就这样，看着女人的脸站了好一会儿，突然单膝跪倒在地。男人无声地哭了。边哭边用手抚摸女人的脸颊，爱抚女人的头发。

不知几时，大个子男仆走进房间。仆从来到皮耶尔·路易吉的身边，扶起他说：

"主人，这里交给我吧。我先送您回家。"

法尔内塞公爵吻了吻奥琳皮娅已经冷却的嘴唇，在仆从的搀扶下离开了房间。

屋外拴着一匹马。那是法尔内塞公爵从领地回来时骑的马，是他听到仆从的报告后，没带一个随从，独自骑着来的马。屋外没有时刻跟随在他左右的护卫兵。大个子男仆把公爵扶上马，牵着缰绳离开了。纳沃纳广场离法尔内塞宫很近，又因为在夜里，路上没有遇见一个人。

站在宫殿门口执勤的士兵看到骑在马上的公爵，立即打开了门。仆从牵着马走进了内院。刚想把公爵扶下马，公爵的仆人看到主人突然回来，大吃一惊，急忙跑了过来。仆从让他把公爵送到卧室，晚上寸步不离地看着公爵。

仆从没有马上回去，而是从法尔内塞宫的另一侧上了台阶，不顾用人的阻拦，一把推开了红衣主教卧室的门。亚历山德罗红衣主教还在床上看书。

仆从进屋，背对着门把它紧紧关上后，单膝跪倒在红衣

离别 193

主教的旁边，三言两语说明了事情的经过。

红衣主教下床，默默地穿上衣服，是普通的黑色僧服。一言不发地从吃惊看着他的用人面前走过，带着仆从出了法尔内塞宫。两人都没有骑马。

红衣主教走进奥琳皮娅的卧室，呆呆地站在那里。房间里充满了血腥味。留在心脏上的短剑说明了一切。红衣主教年轻的身体好像支撑不住了一样，扑向死者。

"妈妈！"

年轻人的后背不停地颤抖，泣不成声。但是，红衣主教的脸上很快恢复了往日的安静。他轻轻抽出插在奥琳皮娅胸口的短剑，放进了自己的胸兜。回头看着跪在后面的大个子男仆，平静地说：

"今天晚上我留在这里。你把血擦干净，给她换身衣服。"

仆从擦拭污渍的时候，年轻人从衣柜中为奥琳皮娅选了一件衣服。这是他第一次看到奥琳皮娅的衣柜。他选了一件藏蓝色的衣服，天鹅绒质地，很豪华也很清爽。首饰就戴那条"拉斐尔项链"，因为红衣主教说，这是妈妈经常戴的项链。

大客厅有一张长方形桌子，兼做餐桌。上面铺着紫色丝织布，盛装的奥琳皮娅的遗体放在了上面，金色的头发落在她的脑袋两侧。桌子的四角各放了一盏银烛台，灯光投在奥琳皮娅的脸上显得越发柔和。雪白的面孔一点一点地在变冷，脸上依然带着微笑，就像睡着了一样。

年轻人站在桌旁，没有祷告，只是站着。

大概是心情太好，这天早上，马可早早醒来了。他没有吃早饭。因为他和奥琳皮娅约好去罗马北城门（波波洛门）外弗拉米尼亚大道边的一个酒吧旅馆一起吃一顿不知算是早餐还是午餐的饭。

仆从已经起来了。在他的帮助下，马可穿好旅行装下楼。六匹马组成的马队已经等候在外面。马可骑一匹，奥琳皮娅骑一匹，仆从骑一匹。一匹驮马可的行李，两匹驮奥琳皮娅的行李。到了安科纳，要换乘船，就用不到马了，计划在那里将马出售。之所以运行李不用马车而用马，是因为一旦遇上什么事，骑的马不能骑的时候，只要把行李放到其他马上，不会影响旅程。弗拉米尼亚大道上依旧人来人往，但是即将入冬。

这天早上，云层低垂，非常寒冷。在罗马，这样的天气并不多见。马可担心地抬头望向了天空。来自海洋国家威尼斯的仆从像大多数来自这个国家的男人一样，信心十足地说明天刮东南风，天气会转暖。因为罕见的寒冷，来来往往的人们被冻得身子发僵，没有人注意他们的六匹马。

离别

留下仆从和马，马可上了女人家门口的石板台阶，重重拍打着门上的铁环。开门的是那个应该回了老家的大个子男仆。

男仆没有让马可进去，只让在外面等着，随即关上了门。马可呆立在那里。

门很快又开了。大个子男仆把马可请了进去。经过休息室来到大客厅门口，马可看到了大门敞着的客厅里异样的情形，大吃一惊。

大客厅里，厚重的窗帘没有打开，蜡烛还在燃着，就像晚上一样。站在遗体旁的法尔内塞红衣主教回头看着马可说：

"丹多洛阁下，来和我母亲告个别吧。"

马可没有听见红衣主教的话，跑向安放在大长桌上的遗体旁边，在尸体的不远处站住了。

没有说话，也没有流泪。眼前的情形让他难以置信。轻轻碰了碰交叉放在胸口的奥琳皮娅的手，冷得让他的心似乎也快要凝结。

过了好一会儿，马可终于想起一旁的红衣主教。转过身看着他，怨恨地问："谁干的？"

十八岁的法尔内塞红衣主教这时才像一个年轻人那样激动起来。他说：

"你没有权利问我！"

马可知道了，他知道谁是杀死奥琳皮娅的凶手。他的心里充满了深深的哀痛。过度的哀伤让他哭不出声，也流不出泪，只是呆呆地盯着睡着了似的女人的脸。

马可忽然想起刚进房间时法尔内塞红衣主教说的话。他好像说母亲来着。

马可回头看向红衣主教，平静地问他：

"原来你知道。你知道奥琳皮娅是你的生母？"

法尔内塞红衣主教也恢复了平时的语气。

"我当然知道。我很早以前就知道。"

红衣主教看着马可，脸上甚至露出了淡淡的笑容。

"孩子是敏感的，我不可能感觉不到公爵夫人对我和对弟弟们的态度是不一样的。公爵夫人对我很客气。她经常说因为我是长子。但是我知道，不只是这样。

"可是，每次和奥琳皮娅女士见面的时候，感受却完全不同。每次见她，都是母亲身边的那个大个子男仆来接我，把我带到教堂或其他地方和她见面。我叫母亲'女士'，母亲以前叫我'主教大人'，现在叫我'红衣主教大人'。她叫我在神职界的职务名称。

"小时候我不懂，但是我能感觉出不一样。母亲虽然没有抱过我，但是她的眼睛总会盯着我看。

"我想知道真相。但是父亲不会告诉我。祖父对我很好，我犹豫过要不要问他。结果，有一次我和母亲见过面后，我问了带我回家的那个仆从。我直截了当地问他那个女人是不是我的生母。

"仆从很吃惊,半天没有回答。最后,他要我发誓绝对保守秘密,这才告诉了我真相。知道真相后,我和母亲之间的关系没有任何改变,还和以前一样。只是我的内心平静下来了。"

"奥琳皮娅以为你什么都不知道。"

"这样挺好,丹多洛阁下。正因为她什么都不知道,母亲才能爱你。因为一个女人成了母亲,就不能爱上别的男人了。"

一直以来,总觉得他太年轻,还像个少年。此时,马可知道自己错了。法尔内塞红衣主教好像读懂了马可脸上的表情,接着说:

"丹多洛阁下,我希望您不要恨我父亲。他是个可怜人。当然,他懂得真爱,所以也是个幸福的人。对母亲的死,您不要太过悲伤。因为母亲虽然可怜,却也是一个幸福的人。"

接着,年轻的红衣主教换了一种语气,好像亲属代表对前来吊唁的客人说话一样,语气非常恭谨。他说:

"我要回家换衣服。我已经想好把我母亲葬在何处。这附近有一个教堂还在建设之中。那个教堂是我资助的,我决定让母亲长眠在那个教堂的一个礼拜堂内。

"鉴于这种情况,所谓的葬礼也只是把母亲的遗体运到那里埋葬。我不希望有别人看到。但是，我希望您能来参加。"

马可点了点头。他知道，参加葬礼的一定只有红衣主教和他两个人。马可觉得生前辉煌的奥琳皮娅一定也希望如此。

教堂位于纳沃纳广场和法尔内塞宫之间。遗体放在灵柩里由红衣主教身边的四个用人抬着去。只是，通常是用薄棉布遮盖遗体，而奥琳皮娅的遗体却是由珍珠色的花纹细腻的蕾丝遮盖。法尔内塞红衣主教不希望她和别人一样。因此，在藏蓝色的天鹅绒衣服上面，盖上了奥琳皮娅收藏的漂亮的蕾丝。

外面有点冷，又是午饭时间，路上行人很少。碰巧遇到葬礼队伍的人们都好奇地目送这支奇怪的队伍。因为这支送葬队伍人数寥寥，而走在最前面的却是身穿绯红色红衣主教服的高层神职人员。

教堂的外侧已经完工，内部尚在建设中，它的左右各有一个礼拜堂，没有鲜花。遗体被安置在其中一个礼拜堂墙上挖好的凹坑处。

只要大理石板一封，就是永别。马可第一次有了眼泪往上涌的感觉。红衣主教站在马可的前面，看不见他此时的情形，也许和马可一样吧。亚历山德罗·法尔内塞好像忘了自己是个神职人员，说不出一句悼词。

两个男人默默地站着。尚未雕刻图案的大理石板在他们眼前被推了进去堵住凹坑，抹上了泥灰。

红衣主教回头向马可伸手道别。

"我会守着我的母亲。过些时候,这个教堂一定会变得很美。不,我要把它装饰得很美。丹多洛阁下,您再来罗马的时候,会来看吧。"

马可按照世俗世界的习惯,紧紧握住了年轻的红衣主教的手,露出笑意说道:"一定。"

他认为除此之外,一切都是多余的。

他感觉非常疲倦,只想早早离开罗马。

看到遗体从房子里搬出来,马可的仆从已经察觉到发生的一切。他默默地帮着回来的主人骑上了马。骑在马上,马可意识到有三匹马已经不需要了。但是他说不出口。仆从也明白,同样没有说,只是牵着五匹马的缰绳,跟在默默走在前面向北行进的主人后面。

六匹马和两个人汇入了吃完午饭回到工作中的罗马人中间,渐行渐远。

后记

法尔内塞宫被认为是16世纪罗马建筑中的杰作。开工不久，安东尼奥·达·桑加罗去世，由米开朗琪罗接棒。现在它是法国驻意大利大使馆。

法尔内塞宫的建设顺利完工。然而，用桥梁连接台伯河两岸、计划在河两岸辽阔的区域建造"法尔内塞之境"的伟大设想没有成为现实。隔着台伯河，应该和法尔内塞宫对称而建的法尔内西纳宫现在是意大利外务省的迎宾馆。法尔内西纳的意思是"小法尔内塞"。

1536年，米开朗琪罗开始在西斯廷教堂绘制《最后的审判》，于1541年完成。

罗马七个山丘之一的卡比托利欧山上，按米开朗琪罗的设想完成改造，时间是17世纪中叶以后。那个时候，罗马数量众多的喷水池已经喷出了水，罗马迎来了巴洛克时代的鼎盛时期。

世界最大的天主教堂是罗马圣彼得大教堂。关于教堂圆顶，伯拉孟特、拉斐尔都提出过修改方案，米开朗琪罗在此基础上做了设计，最后采用米开朗琪罗的方案。之后，贝尔尼尼设计了柱廊环绕的巴洛克式广场，就是现在我们看到的样子。

出身法尔内塞家族的教皇保罗三世被称为文艺复兴时期最后一位教皇。尽管他夹在宗教改革派和反宗教改革派之间，但没有丧失主导平衡的力量。也因此，罗马没有受到狂热信仰的冲击。1549年，教皇以八十一岁高龄离开人世，留下了提香绘制的晚年肖像画。

他的儿子皮耶尔·路易吉·法尔内塞虽然无此野心，还是做了帕尔马和皮亚琴察公爵领地的主人。1547年，他惨遭查理五世的心腹米兰总督暗杀。那年他刚满四十四岁。公爵的爵位由皮耶尔·路易吉的次子、娶了皇帝查理五世的女儿为妻的奥塔维奥继承。

加斯帕罗·孔塔里尼红衣主教深受教皇保罗三世的信任，负责协调宗教改革派和反宗教改革派之间的关系。后被红衣主教团的强硬派，即反宗教改革派的卡拉法红衣主教（后来的教皇保罗四世）剥夺了公会议筹备委员会的负责权。1545年，孔塔里尼在博洛尼亚去世，享年六十二岁。此后，天主教与宗教改革派针锋相对，互不让步。在孔塔里尼去世的那一年召开的特兰托公会议上,基督教世界的分裂成了定局。

当时还不满二十岁的年轻的红衣主教亚历山德罗·法尔内塞,经历了父亲遭暗杀,祖父教皇去世,1564年他无比敬重的、"神一样的艺术家"米开朗琪罗离世后,一直活到1589年,于六十九岁离开人世。

法尔内塞红衣主教辅佐过八位教皇,他们是保罗三世、尤里乌斯三世、马塞二世、保罗四世、庇护四世、庇护五世、格列高利十三世和西斯都五世。人们总说他有教皇之才,要推荐他竞选教皇之位,而他每每拒绝,连候选人资格也不争取。人们不明所以,只是觉得奇怪。

留下了一幅提香为他画的三十岁前的肖像,样子很安详。

他还留下了一座宫殿——位于卡普拉罗拉的法尔内塞宫,距罗马不远。这个小镇更适合叫村,是他的私有领地。这个宫殿是他投入三十多岁年轻人的全部热情、资金等一切的一切,按自己的想法建起来的。宫殿外观看上去非常宏伟,处处透着优雅。至于围绕内里的圆柱和用壁画装饰的螺旋状台阶,更是美不胜收,堪称国宝级水平。

罗马的法尔内塞宫后来成了法国驻意大利大使馆,可见内部有很明显的工作场所的印迹。而卡普拉罗拉的法尔内塞宫始终只是一个别墅,因此,从中可以窥见主人的情趣。可以想象亚历山德罗·法尔内塞喜欢的是这样的家。也就是说,这个宫殿是他创造的一件艺术作品。

后世的人们称他是"法尔内塞收藏家",因为他收藏了数量众多的艺术作品。

他收藏的作品现在大多在那不勒斯,是考古学博物馆和卡波迪蒙特美术馆的珍宝级藏品。之所以在那不勒斯而不在罗马,据说是因为后来法尔内塞家族有一个女儿嫁给了那不勒斯国王。艺术作品能代替陪嫁钱,这也是那些优秀作品的宿命。

图片来源

插图

©Alessandro Antonini

安东尼奥·坦佩斯塔画,大都会美术博物馆藏(纽约)
©Edward Pearce Casey Fund,1983

©Woodward/Cardy/Alamy Stock Photo

圣彼得大教堂藏(梵蒂冈)©Michele Falzone/Alamy Stock Photo

梵蒂冈藏 ©The Picture Art Collection/Alamy Stock Photo

国家美术馆藏(伦敦)© World History Archive/Alamy Stock Photo

乌菲齐宫藏（佛罗伦萨）© Archivart /Alamy Stock Photo

卡波迪蒙特美术馆藏（那不勒斯）© incamerastock /Alamy Stock Photo

西斯廷教堂天顶画（梵蒂冈）© Carmine Flamminio/Alamy Stock Photo

西斯廷教堂天顶画（梵蒂冈）©incamerastock /Alamy Stock Photo, Exotica/ Alamy Stock Photo, EmmePi Travel / Alamy Stock Photo

西斯廷教堂壁画（梵蒂冈）© World History Archive /Alamy Stock Photo

梵蒂冈藏 © Realy Easy Star /Alamy Stock Photo

圣方济会荣耀圣母教堂藏（威尼斯）©GL Archive /Alamy Stock Photo

梵蒂冈藏 ©IanDagnall Computing /Alamy Stock Photo

卢浮宫美术馆藏 ©Art Library /Alamy Stock Photo

博尔盖塞美术馆藏（罗马）© incamerastock /Alamy Stock Photo

©Valerio Mei/Alamy Stock Photo

卡波迪蒙特美术馆藏（那不勒斯）©PRISMA ARCHIVO/Alamy Stock Photo

正文

《马可·奥勒留骑马像》卡比托利欧美术馆藏（罗马）©Musei Capitolini, Sovrintendenza Beni Culturali Del Comune Di Roma

《安德列亚·多利亚》塞巴斯蒂亚诺·德尔·皮昂博画　多利亚潘菲利美术馆藏（罗马）© Art Collection 3/Alamy Stock Photo

该作品原名《黄金罗马 教廷杀人事件》，于1995年由朝日新闻社出版发行。后来在对内容做了大幅度修改后，换成了现在的书名——《罗马的审判》。